O DESEJO DE KIANDA

VOZES DA ÁFRICA

PEPETELA

O DESEJO DE KIANDA

kapulana

São Paulo
2021

Copyright©1995 Pepetela e Publicações Dom Quixote.
Copyright©2021 Editora Kapulana.

Grafia atualizada segundo o Acordo Ortográfico da Língua Portuguesa de 1990, em vigor no Brasil a partir de 2009. Em casos de dupla grafia, optou-se pela versão em uso no Brasil.

Direção editorial: Rosana M. Weg
Projeto gráfico: Daniela Miwa Taira
Capa: Mariana Fujisawa

Dados Internacionais de Catalogação na Publicação (CIP)
(Câmara Brasileira do Livro, SP, Brasil)

Pepetela
O desejo de Kianda/ Pepetela. -- 1. ed. -- São Paulo: Kapulana Publicações, 2021.

ISBN 978-65-87231-09-9

1. Romance angolano (Português) I. Título.

21-68495 CDD-A869

Índices para catálogo sistemático:

1. Romances: Literatura angolana em português A869

Aline Graziele Benitez - Bibliotecária - CRB-1/3129

REPÚBLICA PORTUGUESA
CULTURA
DIREÇÃO-GERAL DO LIVRO, DOS ARQUIVOS E DAS BIBLIOTECAS

Edição apoiada pela DGLAB - Direção-Geral do Livro, dos Arquivos e das Bibliotecas / Cultura - Portugal

2021
Reprodução proibida (Lei 9.610/98).
Todos os direitos desta edição reservados à Editora Kapulana Ltda.

editora@kapulana.com.br – www.kapulana.com.br

Apresentação 07

O DESEJO DE KIANDA 09

O autor 99

– Pode ser Kianda a cantar, Kianda se manifesta de muitas maneiras – disse ele para Cassandra.– Umas vezes são fitas de cores por cima das águas, pode ser um bando de patos a voar de maneira especial, um assobio de vento, por que não um cântico?
– Tenho visto uns desenhos de Kianda. Metade mulher, metade peixe.
– Não – disse mais velho Kalumbo com súbita irritação. – Isso é coisa dos brancos, a sereia deles. Kianda não é metade mulher metade peixe, nunca ninguém lhe viu assim. Os colonos nos tiraram a alma, alterando tudo, até a nossa maneira de pensar Kianda. O resultado está aí nesse País virado de pernas para o ar.

(Fala de mais velho Kalumbo, em O desejo de Kianda, de Pepetela.)

A Editora Kapulana tem a honra e o prazer em publicar no Brasil mais um livro do escritor angolano PEPETELA: *O desejo de Kianda*. Publicou em 2019 *O cão e os caluandas* e *O quase fim do mundo*. Em 2020, *Sua Excelência, de corpo presente*.

Originalmente publicado em 1994, *O desejo de Kianda* continua um livro atual e provocador.

A percepção sensível da realidade por parte de Pepetela, em que crítica e ironia caminham juntas, ativa todos os nossos sentidos. Somos instados a ler o livro vendo cores e formas em movimento, ouvindo sons turbulentos e cantos quase imperceptíveis e sentindo texturas, odores e inúmeros sinais reveladores vindos do vento, do pó, da água. Uma leitura que provoca o choro, o riso, a reflexão.

Ficção e história, pragmatismo e crenças, intenções e ações, formam um conjunto em que tradições angolanas e questões contemporâneas afetivas, sociais, políticas e econômicas extrapolam o espaço africano e fazem de *O desejo de Kianda* uma obra que navega e alça voo por dimensões que só a arte literária de Pepetela permite.

A Kapulana agradece ao autor por sua generosidade e paciência na realização dessa edição e convida o leitor para uma leitura inesquecível.

São Paulo, 1º de maio de 2021.

CAPÍTULO 1

João Evangelista casou no dia em que caiu o primeiro prédio. No largo do Kinaxixi. Mais tarde procuraram encontrar uma relação de causa a efeito entre os dois notáveis acontecimentos. Mas só muito mais tarde, quando a síndrome de Luanda se tornou notícia de primeira página do New York Times e do Frankfurter Allgemeine. Aliás, João Evangelista casou às cinco da tarde, na Conservatória do Kinaxixi, e o prédio caiu às seis. A existir relação, parece claro ser o casamento a causa e nunca o suicídio do prédio. O problema é que as coisas nunca são tão límpidas como gostaríamos.

João Evangelista vinha de linhagem religiosa. Filho de Mateus Evangelista e neto de Rosário Evangelista. O avô foi o iniciador do apelido[1] respeitável, pelas suas funções de pastor de uma igreja protestante no Huambo. O pai nasceu na Missão e só dela saiu, já adulto, para tentar a vida em Luanda. João nasceu na capital, filho de uma malanjina[2] da igreja. Mas aos seis anos foi para a Missão no Huambo, onde seu avô pregara e seu pai foi educado. Só voltou a Luanda com vinte anos feitos, perseguindo o objetivo de cursar engenharia, arranjando um emprego para apoiar os pais. Desistiu rapidamente da Universidade, por incompatibilidade do horário das aulas com o do serviço. Pelo menos foi a razão dada a familiares e amigos. Mas a esta se podia acrescentar a falta de interesse pelas matemáticas e físicas, juntando a tudo a falta de professores, instalações e material

---

[1] apelido: sobrenome (Br.)
[2] malanjina: da província de Malanje, Angola.

que a Faculdade apresentava. João Evangelista estava farto de subdesenvolvimento. Assim o declarou a Carmina, na altura sua namorada.

Se dependesse dos pais dele, esse casamento nunca se realizaria. Carmina não tinha boa fama junto das pessoas mais velhas lá no bairro. Por isso era conhecida desde pequena por CCC (Carmina Cara de Cu). Muito senhora do seu nariz, já aos doze anos de idade mandava na mãe viúva e nos três irmãos mais velhos e machos. Apesar de ter uma inteligência elevada, como sempre testemunharam professores e colegas de escola, reconheça-se que era preciso muito estofo para tomar as rédeas da família com tão pouca idade, mesmo se a mãe era doente e os irmãos uns songamongas. Aos catorze entrou para a Jota[3] e aos dezoito, altura em que conheceu João Evangelista e teve súbita visão de inevitabilidade, já era responsável por um setor. O velho Mateus não apreciava particularmente quem andava metido em políticas, embora compreendesse que na época era a única atividade possível para queimar as ambições de uma jovem decidida em artes de mando. Mas o pior para o futuro sogro era o fato de a moça alinhar na nova religião que proliferava, o ateísmo. Seu filho, educado na melhor Missão do país, quiçá de África, casar com uma mulher ateia, não temente a Deus e a Satanás? Ainda por cima mandona, resmungona e respondona? Nunca que nunca.

Só que João se apaixonou pela energia de CCC. E até hoje não se sabe o que Carmina encontrou nele, provavelmente nem a própria. Foi ela, a partir dos seus conhecimentos políticos, que

---

[3] Jota: nome informal da "Juventude do Movimento Popular de Libertação de Angola", a JMPLA, fundada em 1962, durante a primeira guerra de Libertação Nacional. Ala jovem do principal partido angolano, o Movimento Popular de Libertação de Angola (MPLA).

lhe arranjou um emprego melhor, numa empresa estatal que dava condições excepcionais aos trabalhadores. E quando pensaram em casar, logo ela traficou as chaves dum apartamento em ótimo estado na Rua Cónego Manuel das Neves, num prédio mesmo coladinho ao Kinaxixi, no centro da cidade portanto. Daí a legalizar o apartamento em nome dele foi só um passo: ela tinha ótimos relacionamentos no Governo. Foi também ela que lhe ofereceu um computador como prenda de casamento. É certo que não lhe custou nada, coube-lhe numa remessa comprada pela Jota e que depois foi distribuída pelos responsáveis, quando se aperceberam que para o pouco serviço que havia metade da encomenda já era demais. No entanto, João ficou sensibilizado pela lembrança. O velho Mateus só refilou, onde já se viu noiva dar presente de casamento? E ainda por cima uma máquina que não serve para nada. Mal sabia ele...

 O primeiro prédio desabou pouco depois da partida do cortejo automóvel levando noivos e convidados para o banquete de casamento de João Evangelista e Carmina Cara de Cu. Foi um acontecimento nacional. Todos os relatos são coincidentes. Não houve explosão, não houve fragores de tijolos contra ferros, apenas uma ligeira musiquinha de tilintares, como quando o vento bate em cortinas feitas de finas placas de vidro. As paredes foram se desfazendo, as mobílias caindo no meio dos estuques e louças sanitárias e as pessoas e os cães, papagaios e gatos, mais as ninhadas de ratos e baratas, tudo numa descida não apressada, até chegarem ao chão. Luzes estranhas, contam os relatos, de todas as cores do arco-íris, acompanhavam a suave queda. Assunto muito comentado, embora não tivesse sido publicitado pela imprensa, foi uma cama enorme que desceu pelos ares, com um casal nu, apanhado em pleno ato de amor. Nada de assinalável, se não se tratasse de dois homens, figuras públicas de destaque, um da política e outro das artes. Dois velhinhos também aterraram, mais espantados que assustados. Como se pode depreender, apenas o prédio ficou destruído, totalmente em escombros. Nem pessoas, nem outros locatários animais, nem móveis, nem eletrodomésticos, sofreram qualquer arranhão. Coisa nunca vista, gente a cair do sétimo andar, chegar a terra e contar logo as sensações de paraquedismo. Chegou mesmo ao ponto de dois conhecidos juristas que se tinham pegado numa formidável discussão no apartamento de um deles continuarem a debater no chão, sem nada terem notado, até que um jornalista os interrompeu para os informar do que passava e eles, então sim, desmaiarem com o susto, quando olharam para cima. Lamento acrescentar lenha ao preconceito que repete até à exaustão que os juristas só se interessam pelo seu próprio discurso, mas não posso sonegar esta informação que está historicamente comprovada. Por tudo isto, a queda do prédio tinha de ser um acontecimento nacional. Como um dos voadores improvisados era uma madre, que aterrou de sotainas e tudo, muitos suspeitaram de milagre. Um nacionalista despeitado logo ali lembrou, esta terra é muito pouco beneficiada em milagres. Que se saiba, só houve o da batalha de Ambuíla, em que o Rei do Kongo foi derrotado e de cabeça decepada, por obra da Virgem Maria que comandou em pessoa o exército português, atividade muito vulgar naquela Santa e seu filho, a crer nas histórias de Portugal que nos impingiram na escola colonial. Um milagre vinha mesmo a calhar para essa época de pouca crença, em que o governo se dizia marxista, embora muitos suspeitassem não passar de propaganda. A tese do milagre ganhou portanto num ápice adeptos incondicionais, especialmente concentrados nas igrejas de Luanda, quer nas já tradicionais, europeias, americanas ou africanas, quer nas novas seitas, eletrônicas.

Os noivos souberam do ocorrido em pleno copo de água. As reações foram muito diferentes. CCC logo gritou, foi sabotagem, é preciso apanhar os bombistas e fuzilá-los. João Evangelista empalideceu, se assim se pode dizer de um negro retinto, e agradeceu a algum deus da sua infância, imagina só se fosse em pleno casamento. Não se falou de outra coisa durante o banquete e a farra que se seguiu. A hipótese levantada pela noiva foi rapidamente refutada. Não houve explosão, ninguém se feriu. Se fosse uma bomba, e de potência capaz de fazer ruir um prédio de sete andares, então a praça do Kinaxixi ficaria mais vermelha de sangue que os filmes modernos que passam na televisão.

Mais velho Mateus, chateadíssimo no seu canto e sempre a insistir com Dona Mingota, sua esposa e mãe do noivo, para bazarem já porque aquele era um casamento espúrio, sem cerimônia religiosa de nenhuma espécie, comentou para a mulher:

– São esses tempos de pecado. Vais ver, muito mais coisas vão acontecer. Se até o meu filho casa com uma pagã... Coisa boa foi que o livro dos casamentos tem sete andares de lixo em cima. Esse casamento deixou de ser legal.

– Deixa disso, Mateus. Eles legalizam de novo. Para ela tudo é fácil.

Mais velho Mateus Evangelista era mesmo uma exceção na boda. As outras pessoas estavam animadíssimas, apreciando a boa comida e as variadas bebidas, embora a preferência fosse para o uísque e cerveja. CCC era membro destacado da Jota, apesar da sua pouca idade. Era uma candidata antecipadamente vitoriosa a membro do Comitê Central no próximo congresso da organização. Até já tinha inventado um slogan para a campanha, se fosse necessária: "CCC pró CC". Por estas razões, a Jota investiu no casamento. Foram feitas requisições às empresas estatais que controlavam a distribuição de pescado e marisco, às de frangos e carnes, às panificadoras, empresas de bebidas, etc. Quantidades de produtos sem limites e a preços simbólicos. O local foi cedido gratuitamente. O conjunto musical era subvencionado pela organização, por isso tocava de borla. E a noiva ainda arranjou uma missão de serviço fictícia a Roma, paga evidentemente pelo Estado, para comprar o enxoval. João Evangelista só podia estar grato à jovem esposa, pois tinha boda de príncipe, sem gastar um lwei. E como ela era mulher emancipada, nem alembamento[4] tinha de pagar. Ele ainda lhe falou nisso, a sondar, nos tempos de namoro, mas a resposta foi acutilante, nem os meus pais me vendem, nem ninguém me compra. Só se fosse o contrário. Sou socialista, à merda as tradições obscurantistas.

Só se fosse o contrário... A frase ficou na cabeça de João Evangelista e alguns anos depois de casados ganhou cada vez mais importância no seu imaginário. Até que ponto não tinha sido ele o alembado?

CCC foi mesmo para o Comitê Central da Juventude e distribuíram-lhe um carro, marca de melhoria de estatuto. João Evangelista também aproveitava do carro, sobretudo quando ela tinha daquelas reuniões de três dias que entravam pela noite e só acabavam de madrugada. Nessas alturas ele levava-a ao trabalho e depois ela apanhava boleia, pois nunca se sabia quando terminaria a reunião. Ele ficava com o carro todo o dia. O trabalho era chato e sem grandes perspectivas. E ninguém notava a sua ausência, como acontecia com quase todos os funcionários. Ia pois para o Morro dos Veados ou ainda mais longe, fazer uma praiada com música e leitura. A vida sorria a João Evangelista, ao contrário do que profetizava seu pai, sempre a incitá-lo indiretamente a um divórcio antecipado. O único óbice era a teimosia

---

[4] alembamento: tributo de honra que o homem presta à família da noiva; dote.

de Carmina não querer filhos, pelo menos por enquanto. Quando eu chegar ao Comitê Central do Partido, mas nessa altura já tens quarenta anos, que não, haveria de lá chegar muito antes, ainda a tempo de engravidar. Mais uma razão para velho Mateus barafustar, é uma satânica, toma pílulas para não ficar de barriga, nem um neto me dá, aquela casa é um antro de pecado. Por isso recusava visitar o filho, anteriormente fonte de todos os orgulhos. Carmina nem notava a ausência do sogro, tinha outras preocupações, como uma campanha popular de limpeza num sábado vermelho ou a preparação dum comício em Caxito.

> Um cântico suave, doloroso, ia nascendo no meio das águas verdes e putrefatas que durante os anos se foram formando ao lado dum edifício em construção no Kinaxixi. Um prédio de mais de dez andares, cujas obras pararam com a Independência. Primeiro era uma poça, parecia de cano de esgoto, no meio dos ferros das fundações ao lado do prédio. Aí nasceram girinos, depois rãs. A poça foi crescendo, verde pelas plantas que irrompiam das águas. Apareceram peixes. E as crianças iam nadar. De vez em quando havia notícia duma criança que desaparecera quando brincava na borda da lagoa ou no prédio incompleto e de lá caía. Acontecia também uma criança sumida nas águas aparecer anos depois em outro sítio, sem memória do seu trajeto. Vinha a notícia no jornal e era esquecida em seguida. O cântico era demasiado suave, ninguém ouvia.

Foi passando o tempo e as pessoas esqueceram a queda do prédio, exceto os inquilinos que ficaram a viver em piores circunstâncias, dada a falta constante de moradias. Mas as autoridades e os habitantes esqueceram mesmo, já nem reparavam no entulho que nunca foi removido, apesar de ter sido contratada uma empresa estrangeira para limpar o lixo da cidade. O inquérito foi incapaz de apontar as causas e foi arquivado. Na linha de prédios do Kinaxixi, aquele ficava numa das extremidades, o entulho nem se notava. Mas, anos depois, caiu um bem no meio do largo, de quatro andares. A mesma musiquinha de tilintares como no primeiro caso, as mesmas cores de arco-íris, as mesmas cenas de pessoas a descerem suavemente até ao chão, acompanhadas por móveis e animais, sem ferimentos nem sangue. Mas ficou um buraco na linha de prédios, como se um dente incisivo tivesse sido arrancado em boca perfeita.

Uma vez acontece e a gente esquece. Duas vezes já não é por acaso. As mais disparatadas opiniões eram transmitidas nas rodas de amigos com abundantes copos, nas discussões políticas, nas entrevistas, até no meio dos jogos de futebol. Os cientistas da banda eram constantemente solicitados a darem a sua opinião. Prudentes como sábios, não adiantavam nada, que era preciso pesquisar e o País não tinha condições para se fazer investigação séria. Veio uma equipe de acadêmicos de um país amigo, do Leste da Europa, andou a farejar em todos os prédios do Kinaxixi até à Maianga, a auscultar a opinião dos porteiros, para eles a peça-chave para a descoberta, pois no seu país eram todos da Segurança. Mas os porteiros do Kinaxixi eram raros e impreparados para cargo de tanta responsabilidade e por isso os acadêmicos desconseguiram fazer um relatório satisfatório. Dois meses depois voltavam à sua terra, tão ignorantes como antes, mas bronzeados por passarem largas horas na praia, com muitos dólares no bolso e uma promessa de futura medalha por cumprimento de missão internacionalista proletária em zona reconhecidamente perigosa.

CCC desesperava com a passividade da polícia e outras autoridades. É evidente que são sabotadores, dizia com a convicção que só ela sabia dar à frase mais banal. Talvez os americanos estejam a testar um novo produto e passaram-no para os seus amigos terroristas. Só não vê quem não quer. João Evangelista se preocupava com a irritação da mulher, que se desbocava toda nas reuniões, segundo ele entendia das conversas. Devia ser discreta e não defender a tese de sabotagem tão acerbamente. Isso podia prejudicá-la na desejada promoção. Imagina que se descobre que a demolição dos prédios tem outra causa, vais perder credibilidade política, podes até cair no ridículo, o que é a pior coisa que pode acontecer a alguém com responsabilidades. Ainda por cima foste à televisão defender a hipótese de terrorismo, quase só faltava dizeres que tinhas provas do envolvimento norte-americano. Agora que se começa a desenhar uma aproximação com eles... Carmina saía disparada de casa, tu cala-te, que em política sempre foste um zero à esquerda. Não era mentira de todo, mas João não gostava dessas observações diminutivas, afinal ainda era o macho do casal.

De repente, foi como se todos os prédios da cidade caíssem inteirinhos em cima da cabeça de Carmina Cara de Cu. Começou a se falar de mudanças políticas, umas pessoas vinham lá a casa comentar com João Evangelista a chamada abertura democrática. CCC nem queria ouvir, cambada de traidores, lacaios do imperialismo, gorbatchovistas indecentes, contrarrevolucionários da merda. À medida que as ideias iam alastrando, ganhando amplos setores da sociedade onde se cochichava a medo, transparecendo até no jornal, Carmina ia emagrecendo. O marido voltava a se preocupar, mas agora com a saúde dela. Não quis consultar médico, que estava bem, mas já na cama tinha recusas, estou cansada, amanhã.

Tempos depois não podia haver mais dúvidas, ia mesmo mudar o regime político, apesar dos impropérios de Carmina, líder da ala radical da Jota. Foi tornado público que havia contatos oficiosos com os adversários armados. CCC fez um violentíssimo discurso num órgão qualquer da Jota, tentou preparar uma manifestação de rebeldia. Cada vez mais magra, perdidas as curvas que a tornavam tão atraente, até mesmo a bunda parecendo ter sido reduzida a zero por frequentes passagens a ferro de engomar. João e os amigos conseguiram persuadi-la de que assim estava arrumada, até podia ir parar à cadeia por insubordinação. Quando a corrente do rio é forte, o caranguejo só baixa a cabeça, dizia um antigo provérbio lunda. Ela acabou por desistir da ideia, mas retorcendo-se a cada novidade, que agora era pão de todos os dias. Foi decidido permitir a existência de outros partidos, abrir a economia a capitais privados, fez-se a paz com a oposição armada, só cedências, resmungava Carmina, mas apenas em casa, porque em reuniões passou a ficar estranhamente calada. A chama dos olhos dela se tinha extinguido, motivo suplementar de angústia para o marido. Um dia em que falavam do longo período sem prédios a ruírem no Kinaxixi, ela disse:

– Sempre achei que era uma arma secreta dos americanos. Os prédios que caíam, estas mudanças políticas e econômicas, tudo está ligado. Só os cegos não veem o dedo satânico da CIA.

João Evangelista se preocupava ainda mais: aliada à extraordinária magreza da mulher se reforçava a paranoia antiamericana. Já um gato não podia passar na rua de forma menos usual que para ela era um agente ianque disfarçado, tentando alguma pérfida sabotagem. Os partidos nasciam como as plantas na água virada de novo lagoa do Kinaxixi. E Carmina via neles inequívocos sinais da estratégia do Império. Lia-lhes os programas, os panfletos, todos estranhamente iguais e dizia, tem o perfume da CIA, nem se dão ao cuidado de fazer minutas diferentes, só as siglas mudam. João nisso tinha de lhe dar razão, todos os programas eram tirados a papel químico. Só numa coisa Carmina errava: a matriz não podia ser do Império, pois todos copiavam o programa do Partido que até aí tinha sido único e que fora remodelado.

Mas nem tudo eram desvantagens na nova situação de João Evangelista. Com o fervilhar da vida política e a perspectiva de negócios a que toda a gente agora se entregava, os chefes ainda reparavam menos nas suas ausências e passava semanas sem pôr os pés no serviço. CCC estava quase desempregada, pois a Jota entrara em fase de liquidação por necessária contenção de despesas, terminado o subsídio sem fundo que lhe concedia o Estado. Ela tinha pouca vontade de sair de casa e por isso o carro sobrava todo o dia para João. Aproveitava para passear pela cidade e trazer novidades para casa, procurando animar Carmina da profunda depressão. Mas tinha de filtrar muito bem os mujimbos, pois se dissesse que tinha encontrado um amigo que agora era animador de um novo partido, ela virava fera, bando de vendidos, traidores, andaram a enriquecer à nossa custa, agora fogem do barco, mas estão enganados, o barco não está nada a meter água, isso é propaganda dos americanos que nunca entenderam nada deste País. Que os americanos nunca tinham percebido nada do País era rigorosamente verdade, pensava João, só que agora a frase está fora do contexto.

Um dia, como quando muda a estação e a primeira chuvada no Planalto limpa tudo, mostrando um Mundo diferente, assim CCC abanou a cabeça a afastar maus espíritos, os olhos brilharam como antes e numa voz misteriosa convidou-o a irem jantar fora, num dos muitos restaurantes que abriam todos os dias, primeiro sinal da passagem à chamada economia de mercado.

Foi aí, sentada à mesa do restaurante, quando estavam na fase dos cafés e conhaques, que ela confessou com os olhos de novo sorridentes:

— Sabes, tenho andado a pensar. Todos os que são ou foram responsáveis se estão a ajeitar. Uma coisa aqui, outra coisa ali. Por exemplo, o Samuel, conheces, abateu à carga todos os carros do Ministério e ficou logo com cinco, os outros foram um para cada Diretor, forma de lhes calar o bico. O Bisnaga apanhou uma série de caminhões militares e está a constituir uma frota privada impressionante. Da besta do Joaquim Domingos já tu conheces...

João Evangelista participara duma discussão em que se dera a conhecer a última aquisição do oficial de artilharia Joaquim Domingos, conhecido pelos seus subordinados pela alcunha nem original nem abonatória de Peido Mestre. Os amigos de Carmina riam da história, mas ao mesmo tempo confessavam que assim também é demais. Pois o dito oficial conseguiu que se abatesse à carga um barco da Marinha de Guerra, com canhões e tudo, que ele comprou pelo preço simbólico de mil Kwanzas, o que na época dava para encher um depósito de gasolina de um carro pequeno. Os canhões foram vendidos pelo Joaquim a um grupo de traficantes de armas para o Ruanda, pois em Angola a paz se instalara para toda a eternidade, segundo dogma oficial. O barco foi adaptado às lides de pesca ao corrico pelos estaleiros da Marinha, a título gratuito, pois não se é oficial à toa. No sítio dos canhões da popa instalaram lança-arpões a reação, dirigidos por laser e outras tecnologias de ponta, próprios para extinguirem as últimas baleias dos oceanos. O certo é que os pobres pargos e garoupas da baía do Mussulo não se safavam: as cabeças iam para um lado e as tripas para o outro. "3 a zero", gritava o Peido Mestre quando conseguia acertar num cardume. Os resultados só eram visíveis pelo sonar, pois os pedaços de peixe nem chegavam à superfície, a menos que fossem aqueles rastros sanguinolentos que por vezes seguiam na esteira do barco. Esplêndida pontaria, de que se gabava o oficial de artilharia com cursos em várias academias militares dos países socialistas da Europa, mas com resultados pobres, pois no regresso da pescaria tinham sempre de comprar peixe aos outros, se queriam comer um mufete ou muzonguê noturno.

– Os mujimbos de corrupções e desfalques são às centenas e alguns serão verdadeiros – prosseguiu Carmina. – É o fim de um reinado e tudo está a tentar safar-se enquanto é tempo, a assegurarem a reforma no estrangeiro se as eleições correrem mal. E eu estou a ser parva, armada em última socialista. Que achas?

João Evangelista achou apenas que ela estava a ficar curada da depressão e isso animou-o. Pelo menos deixava de ver inimigos em todo o lado e parecia querer voltar à luta, qualquer que ela fosse. O papel de um bom marido é apoiar a esposa. Segurou na mão ossuda dela e falou com carinho:

– Acho não deves desanimar. Tens de continuar a viver, não é? Encontra maneira de gastares as energias que sempre tiveste demais. Mas pensas abandonar a política?

– Para isso é que te pergunto. Posso virar empresária, é o que todos fazem. Não agente econômica, isso é nome para candongueiro. Esqueçamos a palavra capitalista, como chamávamos, e utilizemos empresário que não ofende ninguém. Até já vou com certo atraso, uns tantos se adiantaram e ocuparam espaço, mas sempre consigo qualquer coisa. Também posso lutar para o CC do Partido, o que assegura um lugar na lista de deputados para as eleições. E é isso que te pergunto: empresária ou política?

– É proibido ser as duas coisas?

– Agora já não, claro... quer dizer que tu... és um gênio, João. Pois está visto, vou fazer as duas coisas, casam perfeitamente, uma atividade ajuda a outra.

João Evangelista ficou com a impressão, que havia de o perseguir toda a vida, da sua perfeita inutilidade na decisão dela.

Pela rapidez da reação, ela já trazia a ideia e foi apenas para festejar a mudança de vida que o levou a jantar. Mas João sabia lhe dar prazer. Aceitou os elogios com naturalidade, deixando-a dar uma de generosa. E ela adorava ser generosa, sobretudo se isso não lhe custasse nada. Carmina apertou a mão dele por cima da mesa e sussurrou:

– Meu grande conselheiro!

Tanta ternura comovia sempre João Evangelista. Muitas vezes se perguntava o que uma mulher tão brilhante e esfuziante de vida como Carmina podia ter visto nele. Não se distinguia muito dos irmãos dela, apodados geralmente por CCC de bananas, frouxos, malaicos e outros cumprimentos. Ele não se considerava burro, mas sentia lhe faltar dinamismo. Descobrira isso numa das muitas noites passadas sem a mulher, ocupada em alguma das habituais reuniões. Tinha aprendido a arte da autocrítica, exercício comum nas organizações em que se vira involuntariamente metido, desde as religiosas às políticas. E nessa noite fez uma autocrítica desapiedada. Acabou por concluir ser falho de vontade, quase abúlico, comodista, sem gosto pela aventura ou mesmo pela novidade. Quer dizer, um banana, um destinado a falhado. Competente no sexo, isso sim, mas nesta terra não era grande feito. Além destas constatações conformistas, que o esgotaram por uns tempos, decidiu apenas dedicar mais tempo ao computador que Carmina lhe oferecera na boda e que ele raramente utilizava. Nunca percebeu a ligação entre a autocrítica tão pouco valorativa e essa decisão capital, mas nada neste Mundo se faz por acaso. Ligação haveria, mas estava desinteressado em a descobrir.

– Pois é, querido, a Jota vai alugar uns andares na sua sede. Claro que consigo ficar com um bom andar, para montar a empresa. Aliás, na próxima reunião já se vai tomar a decisão, tenho o apoio de todos os camaradas, já os sondei. Por enquanto é só alugado, mas mais tarde posso mesmo comprá-lo.

– A preço da chuva, imagino.

– Tem de ser. De outro modo, como se pode criar um empresariado nacional? Ninguém tem dinheiro para comprar empresas ou casas aos preços justos.

– O que descapitaliza o Estado, o patrimônio de todos.

– Meu filho, o mais velho Marx explicou há bué de tempo. Para se criar os empresários, alguém tem de perder capital a favor deles. E sempre é melhor ser o Estado, assim é menos sensível, do que expropriar ou roubar diretamente os cidadãos. Não decidimos ir para a economia de mercado? Então, alguém tem de pagar, nesta vida não se multiplicam pães por milagre. Ou pelo menos quem o fazia já cá não está.

João Evangelista queria lembrar que os argumentos utilizados por ele eram os dela, umas semanas atrás, quando se discutiam tais assuntos. A bem dizer, não se discutia mesmo outra coisa, já cansava. Mas vir agora pespegar com os antigos argumentos dela denotaria maldade, coisa que nem lhe passava pela cabeça. E Carmina estava tão feliz, com o mesmo brilho nos olhos dos tempos antigos quando decidia fazer um discurso para arrasar um adversário político, que a maldade seria a duplicar. Sorriu apenas.

– Então estás mesmo decidida. E a empresa será de quê?

– Adivinha. O que dá mais?

– Comida, carros, sei lá...

– Vês que és mesmo um gênio, querido? Import-export. No princípio só vai ser import, que é que temos para exportar? Mas fica assim no registro, soa melhor. Fax já tenho, telefone também, computadores os que quiser, estão lá na Jota, fazem parte do preço do aluguel. Se alguém precisa de um contentor de cerveja rápido, telefono para um amigo no estrangeiro e mando vir. Uma comissão é para mim. Vinhos, arroz, bacalhau, carros, vestidos, o que seja. Conheço tanta gente em tanto lado, não vai ser difícil. E o aparelho de Estado então, o maior gastador deste país? É só convencer uns ministros ou secretários que faço chegar as coisas primeiro que os outros e mais barato. A vantagem é que não é preciso ter dinheiro. Paga-se ao fornecedor estrangeiro com o dinheiro do comprador e arrecada-se a comissão.

– Não é preciso capital inicial?

– Para quê? O capital é o andar alugado, mais nada. O verdadeiro capital está na cabeça e nos conhecimentos que se tem. Sempre usei o bom hábito de guardar os cartões de visita de toda a gente que conheci por qualquer assunto político, uma agenda sempre atualizada. Esse é o meu capital. E a possibilidade de vir a ser membro do CC e deputada, o que valoriza imenso as coisas. Todos gostam de ficar bem com alguém que tem poder, nunca se sabe qual o futuro...

– Se fosse assim tão fácil, todos enriqueciam. Desculpa, não quero desanimar-te... mas devo tentar fazer-te ver a realidade.

– Mas eu já vi a realidade. Não é fácil para todos, claro. Para mim é, pois tenho conhecimentos e influência. Talvez tenha perdido alguma nos últimos tempos, mas não há nada que não recupere. Um borra-botas não passa as barreiras do Banco, por exemplo, ou do ministério do Comércio, mas eu... O Governador do Banco é meu amigo, estás a esquecer? Os ministros todos são tu cá tu lá...

Estava a falar a sério e tinha tudo pensado. E seria uma empresária de sucesso. Membro do Comitê Central e deputada. O único problema era se o Partido dela perdesse as eleições e as leis fossem rapidamente mudadas. O único risco. Mas João estava certo que ela era capaz de atingir os seus objetivos. E de repente sentiu-se mal. Mandou vir mais dois conhaques, para ver se animava. Emborcou o seu de um só golpe e o calorzinho lhe fez bem. Mas não esqueceu o que o ferira: em nenhuma altura CCC o tinha associado ao seu plano, apesar dos elogios à sua inteligência. Ela ia criar a empresa sozinha, como criara sozinha a sua carreira política? João Evangelista continuaria no seu emprego chato, sem perspectiva de subir, vivendo da riqueza da mulher? Não era futuro sedutor para um macho, ainda por cima sem filhos em quem mandar. Ou estaria ela a reservar-lhe a surpresa para o fim? Era isso, no fim da conversa ela ia dizer, como é, sócio, quando vamos fazer a escritura da nossa empresa?

Carmina ia falando, falando, mas ele deixara de a ouvir. Pensava nas vantagens e inconvenientes de ser sócio dela. Acabava a boa vida de ir trabalhar quando quisesse e ficar a olhar para as moscas no serviço. Ela ia pô-lo a correr para o banco, para a alfândega, para o porto, para o raio que o parta, tratando-o de incapaz se não resolvesse todos os assuntos no tempo que ela determinasse. Sempre havia virtudes em ser apenas o príncipe consorte. Mas o orgulho de macho estava ferido por ela não lhe fazer a proposta. Seria tão bom dizer vou pensar nesse teu pedido e acabar por recusar, sabes eu não dou para essas coisas, tu é que tens jeito, prefiro ficar no meu canto e te dar uns conselhos de vez em quando. E ela não insistiria, porque sabia mesmo que ele não servia para essas atividades cansativas. E o casamento permaneceria tão feliz como no dia em que caiu o primeiro prédio.

Mas ela não lhe fez a proposta. Pagou a conta, disse vamos embora e levantou. Podia ser à noite, depois do amor. Mas nem então. De barriga cheia, se virou para o outro lado e ficou a sonhar com a empresa de import-export e a previsível subida no Congresso programada para o mês seguinte. E João Evangelista com uma insônia e a sua frustração de macho amachucado.

Capítulo 2

Foi por essa altura que João Evangelista se interessou ferozmente pelos jogos de computador. Passaram-lhe uma disquete com o "Império Romano", cujo objetivo era ser promovido de simples centurião até César, conquistando todos os territórios que foram há dois mil anos províncias romanas. No estudo das diferentes estratégias e táticas para vencer as batalhas e as corridas de quadrigas e combates de gladiadores, foram passando as semanas até Carmina ser eleita para o Comitê Central.

Honório, seu colega da empresa e vizinho do Kinaxixi, veio avisá-lo, o chefe está furioso contigo, há mais de um mês que não apareces. Mas que raio tinha agora dado no chefe, que nunca se preocupara com isso? Sim, tinha que passar pela empresa, até porque os salários já estavam a pagamento. Fez uma pausa no jogo e foi com o Honório enfrentar as iras diretoriais. As quais superou facilmente, sabe, chefe, o salário não chega para as necessidades, tenho de fazer uns biscates por fora, não se adivinha o que o futuro nos reserva e a minha mulher, agora membro do Comitê Central, corre riscos acrescidos. O Diretor, dependente dum Ministro que também era membro do CC, compreendeu logo as razões, sobretudo a última, mas tem de aparecer de vez em quando, senão os trabalhadores dizem há privilegiados e em altura de eleições isso não é bom. Mas diga lá, que espécie de biscates são esses, já agora estou interessado em saber como se pode arredondar este salário de diretor. Que estava a ajudar a mulher a montar uma empresa, ela é que é a dona, eu só estou a ajudar, em conselhos e alguns trabalhos prévios, sabe como é, mas pois claro que compreendia e a camarada Carmina era uma senhora de enormes capacidades e um quadro muito dinâmico, na opinião do chefe ia ser uma empresa de sucesso e dê muitos cumprimentos à sua excelentíssima senhora.

João Evangelista saiu do emprego com alguns remorsos. Não pela mentira, pois tinha deixado esses escrúpulos quando abandonou a Missão e resolveu esquecer a noção inibidora de pecado, mas por se ter servido da posição política de Carmina para intimidar o Diretor, que até era boa pessoa e deixava andar, a tal ponto que a empresa metia água por todos os lados, sendo necessário injetar-lhe subsídios constantes do Estado para evitar a falência.

Esqueceu remorsos e preocupações mal ligou o computador e se pôs a combater os terríveis cavaleiros Citas, contra os quais a defesa em cunha pouco servia nem tão pouco o célebre envolvimento feito por legiões lentas de infantaria. Os Citas exigiam uma estratégia nova, que tinha de inventar pois o programa não a propunha. Joana, a empregada de casa, foi lhe dar um recado mas ele disse que sim sem sequer a ouvir, pois tinha de mobilizar novo exército para atacar mais uma vez a Cítia, que parecia desdenhosa e imbatível. E entrou Carmina, feita pé de vento.

– Olá, querido, mandei te chamar para a mesa, não ouviste? Bom dia, nem te cumprimentei, que estou cheia de pressa, tenho de sair logo depois do almoço, grandes novidades, mas conto-te à mesa.

João Evangelista lá teve de desligar o computador e ficar a ruminar nas jogadas seguintes enquanto comia e fingia dar atenção à conversa ininterrupta de Carmina. Só que desta vez era diferente, ela queria mesmo uma resposta e à segunda tentativa levantou a voz, já meio zangada:

— Caramba, já nem se pode falar contigo, onde tens a cabeça?
— Desculpa, desculpa, é que hoje passei no serviço...
— E então?

Tinha de arranjar uma desculpa rápida para a sua persistente distração, como o menino apanhado a sonhar com a praia na aula de matemática. O melhor era não dizer nada, deixar apenas sugestões.

— Bem, há lá uns problemas. Mas o Diretor mandou-te cumprimentos e deseja muitos sucessos para a empresa.

Carmina ficou mais calma e voltou a repetir a pergunta. Ultramar Import-Export era ou não um bom nome para a firma? Ia registrá-la nessa tarde. João Evangelista torceu a boca, sabes que esse nome tem uns relentos colonialistas, nós éramos os ultramarinos, os portugueses eram os metropolitanos, embora ultramar queira simplesmente dizer do outro lado do mar. Mas se alguém dissesse que Portugal estava no ultramar, era capaz de ir preso porque tinha insultado a pátria de Afonso Henriques, que essa tinha de ser tratada por Metrópole, nome mais digno.

— Eu sei disso tudo. Mas uma firma deve ter um nome provocativo. E este é. Agora se assiste a uma recuperação colonial, há bué de gente com saudades daqueles tempos, dizem se vivia melhor do que depois da Dipanda. Então, neste momento, chamar Ultramar a uma empresa vai mexer com as pessoas. E ela trata mesmo com produtos de um lado para o outro do mar.

— Se já decidiste, não sei porque querias a minha opinião.

— Mas ela é importante. Mesmo que não tenhas razão sempre, como desta vez. Admite que desta vez erraste.

— Tens uma carreira política. E deves preservá-la. Se há alguma coisa que as pessoas conservam neste país é o nacionalismo. Com confusões ou não na cabeça, com muitas queixas

em relação a tudo, mas são nacionalistas. Estás a provocar o nacionalismo, não te queixes depois quando precisares de votos.
— Que nome sugeres então?
— Sei lá, dá um nome de fruta, que agora está na moda. Já há pitanga, manga, banana, abacaxi, porque lhe não chamas múcua?
— Estás a gozar. Vai ficar mesmo Ultramar. Temos de nos convencer que nós somos a metrópole e os outros é que são o ultramar. Devemos recuperar as palavras num sentido nacionalista, nisso tens razão. Os slogans de publicidade vão ser todos nesse sentido do nacionalismo. Ultramarinos são eles e a minha empresa vai levar-nos até esses selvagens que andam lá pelas europas pendurados das árvores pelos rabos. Ou poderiam andar se não os tivéssemos descoberto e civilizado.

Mais uma vez Carmina lhe tinha dado a volta, pensou João sem amargura. Nem respondeu, não valia a pena insistir. Acabou rapidamente de comer e voltou para o computador.

Muitas batalhas depois, já com os cartagineses a sofrerem os mortíferos ataques das legiões romanas, comandadas por Cipião Africano, depois de terem afundado duas esquadras suas nas águas do Mediterrâneo mare nostrum, Joana entrou a correr no escritório, caiu mais um prédio, parece o do senhor Honório. João Evangelista foi à janela, de onde se viam as traseiras do prédio onde morava Honório. Estava todo no chão. A poeira ainda não tinha assentado, o edifício parecia mergulhado em espesso nevoeiro. As pessoas se sacudiam, procurando-se e às coisas. João ficou a olhar, tenho de ir lá saber o que aconteceu ao Honório e à família, mas agora não vale a pena, ele deve estar ainda no serviço, vou antes acabar com aqueles malditos cartagineses e vingar as minhas duas armadas afundadas. Voltou ao jogo e esqueceu o prédio, chamado da Cuca, que se desfizera em notas de música.

O cântico suave, dolorido, nascido na lagoa verde ao lado do prédio em construção, subiu um tom na escala. O prédio já tinha inquilinos, vindos não se sabia de onde. Primeiro, foram os andares de baixo a ser ocupados. Como não tinha paredes completas, puseram cartões e contraplacado. Improvisaram escadas, pois a principal não estava acabada. Um dia apareceu um apartamento iluminado. Tinham feito uma puxada dum poste elétrico da rua. Mais gente sem abrigo foi atraída pelo prédio. Mais apartamentos foram ocupados. Ao lado, a lagoa ia crescendo, os peixes também. Diziam os entendidos, os cacussos daquela lagoa eram mais saborosos que os da Funda. Eu juro nunca provei. Uma criança caiu do quinto andar e se afogou. Três dias depois o corpo foi encontrado. Veio notícia no jornal. E de repente a cidade descobriu que o prédio estava ocupado até aos andares de cima, para os quais se conseguia ir, arriscando a vida em escadas improvisadas. Havia tanta falta de residências na cidade que nenhuma autoridade teve coragem de ir desalojar as pessoas. Atirá-las para onde? Mais apartamentos tinham agora luz elétrica. Ao lado, na lagoa, o cântico soava mas ninguém ouvia, nem mesmo os jornalistas que foram cobrir a descoberta da criança afogada. Mas ele estava lá, desde há muito tempo, quem sabe se mesmo desde o princípio dos tempos. Reconheço agora, com a inútil sabedoria da velhice. Inútil, porque é como o cântico, só se ouve tarde demais.

O jogo terminou ao fim da tarde, já o rosa-violeta pintava o céu azul de Luanda. Resolveu então ir saber do Honório, podia precisar de ajuda. Dobrou a esquina e entrou no largo do Kinaxixi. O prédio, que tinha tido um anúncio da cerveja Cuca em cima, fora um dos mais altos da praça. Agora era um amontoado de escombros, misturados a móveis, tudo coberto com uma tremenda poeira de cimento. As pessoas apinhavam-se aos milhares na praça. Os habitantes do prédio estavam em cima dos montes de entulho, a procurar os seus pertences, por vezes em verdadeiras batalhas campais, pois muitos objetos eram iguais e disputados por várias famílias. À volta se juntavam os curiosos, vindos de toda a cidade. No meio daquela desordem não era fácil encontrar o Honório. Encontrou primeiro um oficial da Polícia Judiciária, acompanhado dos seus homens, que faziam medições e investigações aprofundadas, como sempre era qualquer investigação que a polícia fizesse, pelo menos quando a anunciavam.

João conhecia o oficial, que o cumprimentou afavelmente. Não havia novidades, por enquanto nenhum indício novo, tudo como nos prédios anteriores. Mas já na despedida, o oficial afirmou, se pondo quase em sentido, havemos de descobrir a mão criminosa que está por trás disto tudo, o que o colocava no grupo de Carmina, defensora da existência de um maquiavélico plano sabotador. À insistente pergunta de João sobre se tinha algum indício que apontasse para sabotagem, ele meneou tristemente a cabeça, de fato não, mas havemos de encontrar, porque foi sabotagem, nisso estamos absolutamente concordantes. João ficou sem saber com quem o polícia concordava, não era possível que se referisse a Carmina. Ou seria?

Lá estava Honório e a mulher num monte de escombros a rebuscarem. Aquele era o monte correspondente ao seu apartamento, só que estavam de fato mais de dez apartamentos misturados, um por cada andar, o que criava problemas muito difíceis de resolver.

– Imagina, todos os vizinhos compravam o mesmo tipo de geleira[5], na época só havia praticamente uma marca. São todas iguais. Então, quando aparece uma geleira, os vizinhos têm todos

---

[5] geleira: geladeira (Br.).

de anunciar antecipadamente o que a sua tinha lá dentro. Aquele que se aproximar mais do conteúdo que ela realmente mostra quando é aberta, fica com a geleira. Neste caso ainda pode ser fácil. Mas, e as televisões? Não têm nada lá dentro que as distinga umas das outras. Aí as discussões são infindáveis, cada um procurando apontar um defeito ou um risco identificante. Mas nós estamos organizados nesta seção e pode ser que se resolva tudo bem.

– Vai levar muito tempo.

– Semanas. Isto é trabalho para semanas.

– E entretanto onde vão morar? Com a crise de alojamento que existe...

– Não fazemos ideia. Olha, Margarida, aquele móvel que está a aparecer não é nosso?

A mulher foi ver um móvel de sala que tinha ficado à vista no meio de ferros e tijolos, graças a duas mulheres que iam varrendo o pó de cima dos montes. Era melhor usarem aspiradores gigantes, pois havia pó de cimento e areia às toneladas. Honório também correu para lá, a defender a mulher que já estava metida numa zaragata com uma vizinha reclamando também a propriedade do móvel. Eu já volto, gritou João Evangelista e afastou. Saiu da zona dos montes, perigosa porque podia meter o pé nalgum ferro escondido. E encontrou um grupo de quatro pessoas, apanhando pó e recolhendo para frascos. A mais velha do grupo era uma professora da Faculdade de Ciências, os outros deviam ser estudantes. Reconheceu-a por ter aparecido na televisão a falar da preservação das tartarugas em riscos de extinção, pois sofriam uma caça impiedosa por causa das carapaças que serviam para o artesanato.

– Já descobriu algo interessante, professora?

A senhora, distraída como todos os cientistas em plena pesquisa, deve tê-lo tomado por algum responsável, pois lhe deu uma explicação detalhada, que noutra ocasião não se justificaria. Também é preciso dizer que os muitos anos passados na Missão davam a João um ar de respeitabilidade pouco comum nos kaluandas.

— Estamos só a recolher o pó de cimento, para fazer análises. É evidente que o problema vem do cimento, como aconteceu das outras vezes. Volta ao estado original, como se toda a água lhe fosse retirada de repente. Mesmo o cimento do betão armado. Por isso os prédios caem. Parece ser o único elemento que se modifica. Tijolos, ferros, cerâmicas ou tubos se mantêm. Por isso decidimos estudar o pó que resta do cimento.

— Mas a senhora é bióloga...

— Todos os departamentos estudam o fenômeno, cada um a partir do seu centro de interesse. Quem sabe não vamos encontrar algum micro-organismo responsável pela transformação do cimento, ou pelo menos pela retirada da água? Também estão aí os químicos, os matemáticos, os geógrafos, os físicos, cada um a analisar do seu ponto de vista. A síndrome de Luanda tem uma causa biológica? Química? Física? Tem de se explorar todas as possibilidades.

— Claro, claro. Mas se os prédios caem porque o cimento volta à forma original, isso não explica por que a queda é tão suave... ninguém fica ferido.

— Os físicos estão a estudar esse aspecto. Será que no Kinaxixi a lei da gravidade funciona de outra forma? Ou passou a funcionar, a partir de certa altura? Perguntas, só perguntas. A verdade é que ninguém sabe explicar nada. Por isso estudamos. E tem de ser a partir de todos os ângulos.

João desejou sinceramente bom trabalho e muito sucesso. Se havia alguém que merecia respeito eram essas pessoas que teimavam em estudar as coisas só pelo gosto de aprenderem, sabendo perfeitamente que não iam ganhar mais por isso, nem sequer o resultado do seu trabalho ia ser aproveitado por aqueles que deviam tomar decisões. Era de respeitar o interesse destes cientistas incompreendidos e manifestou esse apreço à professora. Voltou a se aproximar do monte de Honório. Mas antes de lá chegar entrou sem querer numa conspiração religiosa e seguiu-a até ao fim.

Um tipo mulato e de óculos estava em cima de um monte de destroços, fazendo um discurso inflamado, porque aquilo tudo era castigo de Deus, os habitantes do prédio da Cuca tinham recusado pagar o dízimo à sua Igreja e agora ele ria, gargalhava mesmo, bem vos avisei que as vias do Senhor são imperscrutáveis, não quisestes acreditar, quisestes continuar na devassidão, na luxúria, no egoísmo, sem quererdes ajudar a construção da Casa do Senhor, da Igreja do Senhor, pois agora é muito bem feito, e o artista mudava de tom de voz e também quase de língua, agora perderam os cubicos, não têm onde cubar, porque o Senhor vos vuzumunou com a sua ira divina. João Evangelista guardara dos tempos da Missão a admiração por aqueles que tinham o dom da oratória, por isso ficou a ouvir o profeta, embora o tom de voz fosse demasiado esganiçado para o seu ouvido exigente. Os principais interessados, pois eram os alvos das palavras duras, nem o escutavam, todos atarefados a rebuscar nos montes de entulho. Mas dois curiosos, por trás de João, comentaram:

— Estes gajos são lixados. Aproveitam todas as ocasiões para fazer propaganda das seitas deles. E a nossa Igreja nada, essa nunca aparece. Está comodamente assente no seu poderio, nem consegue mexer de tão gorda e lustrosa.

— Devíamos ir aqui à Igreja do Carmo avisar algum padre. Lhe implorar que faça alguma coisa, agora não é como nos velhos tempos. Agora há concorrência e os mais vivos ganham mais adeptos. E estes eletrônicos estão a crescer assustadoramente. Daqui a pouco vão trazer as aparelhagens sonoras e todos na praça têm de ouvir os discursos deles, queiram ou não.

 João viu os dois senhores, de meia idade e vestidos a preceito com fato[6] e gravata, dirigirem-se para baixo, onde ficava a Igreja do Carmo. Mateus Evangelista, seu pai, teria dito, lá vão os dois corvos papistas fazerem o relatório ao papista máximo, o adorador de ídolos de pedra. Seu pai tinha ficado com o vocabulário e os ódios dos séculos passados, de antes do ecumenismo, em que os católicos perseguiam os protestantes e tentavam impedir a entrada destes em Angola. Continuava a haver jogadas rasteiras, mas de qualquer modo já as brigas eram mais civilizadas. No entanto, ele não alterou o estilo da fala. Entretanto, o profeta continuava a perorar, nada preocupado com o desinteresse despertado nos vultos que deambulavam pelos escombros.

 E João Evangelista lembrou do sonho que tinha sonhado na noite anterior. Ficou ali, a olhar para os montes de destroços inundados de gente, recordando a estranha sensação com que acordara. Ele estava em sítio desconhecido, era uma cidade ou vila, não sabia, só que tinha uma rua de edifícios destruídos, alguns fumegantes. Não era o mesmo tipo de escombros do Kinaxixi, isso ele logo sentira. Na rua tudo era silêncio apenas perturbado por sons muito abafados. Ninguém corria. Muitos corpos pelo chão. Não sabia se estavam mortos, também isso parecia não ter muita importância. Era de noite e havia cacimbo espesso, quase chuva-mulher, que é aquela muito fininha, chata. Ele tinha frio. Então pegou num corpo que estava dobrado em posição fetal na rua. Pôs o corpo nas costas e começou a

---

[6] fato: terno; traje (Br.).

carregá-lo. Pouco a pouco se foi apercebendo que se tratava duma mulher. Magra, levíssima, quase não lhe pesava nas costas, mas aquecia-o. Portanto não estava morta. Mas é como se estivesse, parada, inanimada, muda. Andou, andou, saiu daquela rua, continuou por uma estrada, noite fora, sempre no reino do silêncio, mais quente com o corpo da mulher-pluma nas costas, até chegar a uma outra cidade ou vila, não sabia, era também uma rua. Aqui havia gente a andar devagar de um lado para o outro, como cazumbis, o mesmo silêncio do cacimbo como na sua cidade, mas havia soldados. Só os soldados corriam, mas sem barulho. Mas já acabou a guerra, pensou ele. Por que há soldados e mortos, se já não há guerra? Das costas dele surgiu a voz da resposta, mas já acabou mesmo? Que raios, como lhe podiam responder se ele não tinha falado? Tinha a certeza absoluta, só pensara. A voz da mulher despertou qualquer coisa no seu ser insensibilizado. Não era voz de velha. Mas como podia ser tão leve, se não fosse velha? Sentiu pela primeira vez formas e volumes encostados a si. De repente, um súbito desejo de voltar para casa, uma casa que ele sabia possuir algures naquela rua de onde tinha saído. Deu meia volta. A voz atrás dele foi mais incisiva, para onde me levas? Para minha casa, disse ele. Posso andar, não estou ferida, nem sei porque me carregas. Vou te levar assim, como te trouxe. E continuava a andar, sentindo cada vez mais o corpo esquálido da mulher se tornar em volume. Mas sempre leve, embora ele estivesse agora cansado. Ela voltou a insistir, porque me carregaste? Ele realmente não sabia, ou melhor, foi um impulso sem motivo, mas mais tarde descobriu, estava com frio e julgava que estavas morta. Os mortos não aquecem, respondeu ela. Descobri isso depois, quando deixei de ter frio. Põe-me no chão, exigiu ela. E João Evangelista acordou.

Sentia agora a mesma sensação de vazio ao olhar para os montes de escombros. A noite, felizmente sem cacimbo, caía sobre as centenas de pessoas procurando coisas no meio do pó, e os milhares de espectadores como ele, a atrapalharem as buscas. Foi ter com Honório. Discutia com duas mulheres que se agarravam a uma panela, tentando provavelmente apaziguar. João não esteve com meias medidas e puxou-o de lado, ficaram as duas a disputarem a panela.

– Fiquem a dormir lá em minha casa nestes primeiros dias. A Carmina não se importa de certeza.

– Vamos dormir mesmo aqui. A vigiar as coisas. Já viste essa gente toda a olhar? Se vamos embora, então ficamos sem nada.

– E a polícia?

– Dizem vão fazer um cordão de segurança. Mas vão ser os primeiros a roubar, sabes como é. Não te preocupes, a Cruz Vermelha vai trazer umas tendas, dormimos aí. Os moradores já se organizaram e vamos fazer de sentinela por turnos.

– E panquê?

– Isso vai ser mais complicado. Falaram numa cozinha coletiva com comida do PAM, parece que tem umas reservas nos armazéns. Mas não vai ser para hoje, essas coisas demoram.

– Eu trago qualquer coisa. Ou melhor, vão jantar lá a casa. Se vai haver turnos de vigilância, podem ir tranquilos.

– Hum, prefiro ficar. Se não te importares de mandar alguém, era preferível. Coisa simples, isto tudo tirou o apetite até ao maior glutão do prédio.

João Evangelista estava a fazer as contas e a constatar que a Joana, a empregada, já tinha ido embora. Devia ter pensado nisso antes. Quem ia fazer a comida para os amigos? Carmina nem pensar, chegava e queria comer logo. O jantar estava feito, mas não dava para quatro. Tinha de ser ele próprio, claro. Uma omelete ou ovos mexidos dentro de pão e estava tudo bem, possas, também não era nenhum restaurante e o próprio Honório dissera que bastava uma coisa simples.

– Está bom, vou já tratar disso. Mas onde estão as crianças?

– Foram para casa do tio da Margarida. A casa é mínima, mas insistiu em levá-las com ele. Por esse lado estamos descansados.

Honório voltou aos escombros, para as buscas e as inevitáveis makas de vizinhos. A Carmina tem razão, precisamos de arranjar uma vivenda, estes prédios de apartamentos só dão conflitos, vivem todos uns em cima dos outros como europeus, não é para a nossa maneira de ser africana. Ainda menos quando caem, parece Sodoma e Gomorra. João foi andando por ali, tentando resolver o enigma do jantar para o Honório e mulher. Também podia ser uma pizza que estava no congelador. Basta aquecer. É, não há problemas, pizza e cerveja, está resolvido. Temos de fato que arranjar uma vivenda o mais rápido possível. O nosso prédio está aqui muito perto, de repente... Cruzes canhoto, pensar nisso até dá arrepios.

Afinal os dois moralistas católicos tinham conseguido arrastar um padre. Lá estava ele, lançando fumo do incensório, ou lá como se chamava aquela chaleira estilo samovar russo, sobre as ruínas e escombros. Os dois senhores seguiam-no de perto, as mãos juntas como em prece. Não se via vestígios do profeta que antes fazia discurso. No seu lugar estava um orador de um partido recém-criado, acusando o Governo de partido único de ser responsável por aquela catástrofe, pois nunca se tinha interessado em fazer manutenção dos prédios. Tudo servia para a campanha eleitoral já na reta final, pensou João. Se Carmina ali estivesse saía confusão, porque ela nunca ia aceitar ouvir acusação gratuita daquelas sem tentar esganar o outro, pelo menos calá-lo por uns meses.

Evangelista voltou a observar o padre fumigante e ficou perplexo, esteve quase para ir perguntar para que servia deitar fumo sobre o que já estava feito. Antes fumigasse os prédios ao lado que ainda estavam de pé, talvez evitasse a queda. Tinha de contar ao pai, ele ia pôr-se aos berros, são alucinados supersticiosos, como se o fumo afastasse os maus espíritos. Os feiticeiros usam o fumo, de fato, mas são pagãos e isso perdoa-se. Agora os papistas não sabem que os demônios só se afastam com boas ações e bons pensamentos? Decidiu não ir perguntar nada, até porque teve pena do padre, que lhe parecia perdido naquele caos. Açulado pelos dois beatos, criticado por se deixar ultrapassar pelas seitas agressivas, deve ter pegado no primeiro instrumento à mão. Até podia ter sido os paramentos para dar a Extrema Unção, qualquer coisa servia para se livrar das línguas afiadas dos dois senhores de fato e gravata, que tinham todo o aspecto de serem influentes na Igreja. E em tempos tão difíceis, qualquer padre tem de defender o posto e o sustento, já não há santos nesta terra.

Voltou a casa, tirou a pizza da arca frigorífica e aqueceu-a no forno. Carmina ainda não tinha chegado, ocupadíssima com a campanha eleitoral e o reforço da sua empresa Ultramar Lda. Deixou-lhe um bilhete, estou aí nos escombros do prédio da Cuca com o Honório, e foi levar o jantar para o casal.

Já não encontrou o padre, mas era difícil ter a certeza da sua ausência, pois continuava a haver milhares de pessoas na praça e centenas no canto onde antes fora o prédio da Cuca. No entanto, encontrou o político, falando a meia voz para cinco pessoas, continuando o mesmo discurso, já meio rouco. Parou à procura do Honório e ainda ouviu umas frases, porque o Partido no poder, arrogante e déspota, tinha demagogicamente instituído umas rendas de casa ridículas nesses prédios todos, abandonados pelos antigos proprietários, colonos bazantes para a

Metrulha, de modo que o Estado não se sentia com obrigação de investir o dinheiro simbólico que ganhava com as rendas para reparar as casas, o que levava a que os prédios se colapsassem de cansaço e revolta por serem tão subestimados, pois como se poderia admitir em qualquer capital africana que se preze apartamentos tão bons terem rendas tão baratas, se não era mesmo para desmoralizar psicologicamente os prédios mais modestos, escândalo que só poderia acabar se votassem massivamente no partido dele, e dava um nome que João nunca tinha ouvido, de certeza que fora criado só para receber o subsídio do Estado que ele tanto criticava e devia ter só dois membros, o orador e a mulher, se tanto, aposto que nem o teu filho vota em ti, aldrabão. Mas logo se redimiu, até já pareço a Carmina, devo ser tolerante para com os partidos emergentes. E encontrou Honório e Margarida, o que o fez de imediato esquecer o combativo candidato a político.

Regressou a casa, deixando os amigos entregues aos seus urgentes trabalhos. Do lado esquerdo estava o mercado do Kinaxixi no seu vulto compacto. Cheio de gente a observar os escombros e as movimentações. Ali perto devia ser o sítio onde há trinta e tal anos derrubaram a mulemba[7] de Kianda, quando construíram a praça. Toda aquela zona fora uma lagoa e havia uma mulemba ou mafumeira[8] que foi cortada e chorou sangue pelo cepo durante uma semana. Ouviu a história um dia, ali mesmo numa esplanada do Kinaxixi, quando se sentou com o maior respeito à mesa onde se encontravam dois escritores, Luandino Vieira e Arnaldo Santos, grandes sabedores das coisas de Luanda. Como não podia deixar de ser, os

---

[7] mulemba: árvore de elevado porte e copa volumosa; árvore da realeza angolana, pois à sua sombra se reuniam os chefes das tribos.

[8] mafumeira: árvore de elevado porte, encontrada na África e na América, com sementes que envolvem a paina (fibra macia); sumaúma; paineira.

kotas falavam da sua meninice kinaxixense, embora Luandino fosse do Maculusso, que de fato era ali ao lado. E foi ele mesmo que contou, lembras, Arnaldo, quando a mulemba chorou sangue durante sete dias, não se sabe se de dor de ser cortada se de pesar por tirarem a lagoa à Kianda? Arnaldo Santos, no seu jeito manso de ser e falar, sorriu para o copo de cerveja, explicou com calma para João, aqui à volta da lagoa era tudo terra vermelha, essa terra muceque, do cepo cortado saía um líquido que talvez fosse a seiva misturada com os produtos que a raiz chupava da terra vermelha, as pessoas acharam era sangue. Deixa de tentar explicar o inexplicável, cortou Luandino de forma viva, com um sorriso indefinível, era sangue, o povo disse, afinal mulemba chora sangue quando lhe cortam. Devia ser aqui, pensou João Evangelista, a caminho de casa, que imperava a mulemba de Kianda. Apesar do calor da noite, um arrepio lhe assobiou pelas costas. Apressou o passo.

Capítulo 3

Quando foram conhecidos os resultados das eleições, Carmina não deu festa a celebrar a sua nova condição de deputada, como tinha planejado. Nem era caso para isso, pois os derrotados não aceitaram os resultados e rebentou de novo a guerra. Primeiro em fogo brando, com os rebeldes a avançarem sobre as capitais municipais com os exércitos camuflados durante meses e a expulsarem e perseguirem os administradores e simpatizantes do partido vencedor das eleições. Depois estourou em Luanda com grande violência durante três dias.

João Evangelista tinha descoberto por essa altura um novo jogo, o da criação de civilizações. Bem mais complexo que o do Império Romano, pois se tratava de fundar cidades, armá-las, fazê-las desenvolver através da ciência e da economia e até mesmo da evolução política, com revoluções e mudanças de regime. Depois ir conquistando as outras civilizações até se criar um império à escala mundial. Enquanto os bombardeamentos se sucediam nas ruas de Luanda, ele se fechava no escritório tentando conquistar Roma ou Babilônia com catapultas e depois com canhões e blindados.

Carmina passava o dia discando o telefone, a tentar perceber a evolução dos acontecimentos, comunicando com os outros responsáveis que também nada sabiam, pois o povo estava a combater nas ruas sem comando. Vinha lhe dar as últimas notícias, umas mais falsas que outras, e João nem interrompia o jogo, ouvia distraidamente que já tinha sido destruída uma base dos adversários, muito mais preocupado em fazer a sua própria guerra no computador. CCC desesperava perante a passividade do marido, mas estava sem ânimo para o criticar, roendo as unhas perante a perspectiva de serem derrotados e perseguidos através do país. O problema dela era principalmente arranjar um lugar num avião para bazar, se as coisas corressem para o torto. Mas os aviões não podiam levantar voo, o espaço aéreo estava bloqueado, e nem tinha a certeza de conseguir ser uma privilegiada no momento oportuno. Por isso telefonava a uns e a outros, para assegurar passagem. Só que ninguém sabia de nada, nem de planos de evacuação. Ficava uns minutos no escritório, vendo João refugiado no seu império em construção, ia à janela tentar adivinhar a marcha da situação, voltava a telefonar. Os generais estavam incomunicáveis e aqueles que tinham ficado em casa não sabiam mais que ela. Por que desfizemos o nosso exército, não fizemos como os outros que guardaram o seu? Ingenuidade, só ingenuidade. O marido resmungava qualquer resposta distraída, é a democracia, mas eu devia era fazer uma revolução e criar uma república, mas isso faz perder tempo e as cidades revoltam-se e depois vêm aí os russos a atacar-me, e esses adeptos do Stalin são lixados, nunca cumprem os acordos de paz, tenho masé que fabricar mais canhões e deixar o regime em monarquia despótica, que é o melhor regime para a guerra, ao menos não há revoltas internas e posso pensar na política internacional. E Carmina lá ia ouvir os noticiários da BBC e da Voz da América, talvez eles soubessem mais do que passava em Luanda que ela própria, que estava no terreno.

Ao terceiro dia, já estava claro que os rebeldes tinham sido derrotados e os telefonemas eufóricos começaram a surgir. Os grupos dos bairros, formados por antigos militares, apoiados pelos polícias, tinham conseguido a vitória. E Carmina abriu a garrafa de champanhe, guardada na geleira para festejar a sua eleição. Chamou Honório e Margarida, que viviam numa tenda em pleno largo do Kinaxixi, iam beber os quatro. João foi forçado a interromper o jogo para receber os amigos. E estes contaram dos dias de terror, numa tenda de vinte pessoas que não protegia dos tiros, felizmente que ali tinha havido pouca coisa, embora se ouvisse rebentamentos de todos os lados. Deviam ter vindo para aqui, ao menos havia paredes, disse João, mas tivemos medo de atravessar os duzentos metros, preferimos ficar lá mesmo.

Já não se ouviam tiros e a rolha de champanhe não assustou ninguém. É mesmo? O certo é que nesse momento de comemoração da vitória, mais um prédio ruiu do outro lado, perto de onde tinha caído o primeiro edifício. Eles não se aperceberam imediatamente, ainda tiveram tempo de beber a garrafa. Foram os gritos de fora que os levaram à varandinha de trás e através da abertura do antigo prédio da Cuca, viram os destroços no chão, do outro lado do largo. Estão a ver que é sabotagem?, gritou CCC. Logo neste momento de vitória. Os outros três não deram crédito à suposição mais que negada pelas evidências. Olharam só uns para os outros. Mas a antiga Carmina voltou à tona, arengava contra as veleidades democráticas, tinham sido uns ingênuos em acreditar nas garantias internacionais, quem podia se deixar enrolar pelas promessas dos imperialistas americanos que tinham urdido toda a sórdida estratégia de tomada de poder pelos seus protegidos? Não me admira nada que a sétima esquadra ianque esteja já aí à frente, pronta a bombardear Luanda. Primeiro exigiram eleições, pensavam que os outros iam ganhar. Como afinal o povo não os quer, agora provocam a guerra. E à socapa, os americanos atacam pelo mar. Com que pretexto?, disse Honório. Eles lá arranjam um, não te incomodes por isso, até são capazes de dizer que nós começamos a guerra. Os americanos não têm medo do ridículo...

João Evangelista saiu um pouco do sonho e reconheceu a mulher. Era a Carmina vitoriosa, a dos velhos tempos. Durante dois anos estivera um pouco adormecida. Agora os olhos brilhavam e não era do champanhe. Era o brilho antigo e que o tinha enfeitiçado. Como todos os feitiços, era fascinante e metia também um pouco de medo. O telefone tocou e ele foi atender, mais para fugir de pensamentos perturbantes.

Carmina continuou o seu feérico discurso. Honório não ousava contrariar, embora se visse bem que não estava totalmente de acordo. Mas os atavismos eram fortes, sempre fora educado na burocracia disciplinada do monopartidarismo, e ela era membro do CC e agora deputada, embora ainda não tivesse tomado posse nem ninguém soubesse quando existiria Parlamento.

João voltou à sala. Disse:

– Era o meu pai. No bairro já está tudo calmo, mas ele está preocupado. Começa a constar que alguns umbundu estão a ser perseguidos pelos populares. Alguns tiveram de abandonar as casas e fugir.

– Quê que esperavam? – disse Carmina. – Os umbundu não votaram nos nossos inimigos? Agora vão sofrer.

– Nem todos votaram assim, os resultados estão aí para o provar. E eles são também povo, já esqueceste as lições antigas? – disse o marido. – É preciso sempre defender a unidade nacional, um só Povo, uma só Nação.

– São umbundu, deixaram de ser povo!

– Eu também sou umbundu e faço parte do povo.

– Ora, deixa-te disso, João. Só és umbundu por parte do teu pai. E nasceste em Luanda. Por parte da tua mãe, és kimbundu. Quer dizer, não és nem uma coisa nem outra. És angolano, tu és a Unidade Nacional. Os inimigos a ti chamam um crioulo, eles acham que isso é ofensa.

— Pois bem, se eu sou a Unidade Nacional, então tenho ainda mais autoridade. E acho que não se deve perseguir ninguém, por nenhuma razão que seja e muito menos por serem duma ou de outra etnia.

— Eles não perseguiram os nossos, fossem os nossos kimbundu ou umbundu ou muíla ou kikongo?

— Pensava que nós éramos diferentes — falou Margarida pela primeira vez. Depois fez um ar de susto por ter irrefletidamente contrariado CCC.

João olhou para ela aprovadoramente. Esqueceu o jogo, neste momento não tinha vontade nenhuma de derrotar russos, americanos ou babilônios. Disse muito seriamente para a mulher:

— Confessa que disseste uma coisa sem pensar, que não corresponde à tua ideologia. Foi um desabafo, deitado só para fora. E devias era telefonar aos teus colegas do Comitê Central e dizer que deem ordens para se parar com quaisquer perseguições. É a única posição que um responsável deste País deve ter, se quer merecer o respeito e a legitimidade que as urnas lhe deram.

— É preciso primeiro saber se é verdade.

— É preciso primeiro prevenir. Vai lá telefonar, anda. Tu és deputada e portanto defensora do povo, de todo o povo.

Parecia era de propósito. No rádio começou a se ouvir um apelo da polícia nacional, exatamente a avisar que não seriam toleradas perseguições a civis e que as autoridades castigariam qualquer ajuste de contas. João suspirou de alívio.

— Vês, Carmina? Se a polícia avisa que se não deve fazer, é porque alguém já o fez. Felizmente algum responsável teve bom senso, no meio da loucura desta guerra estúpida. Foi pena não teres sido tu, foi pena.

E foi para o escritório, enquanto Carmina se agarrava contritamente ao telefone e o casal amigo voltava à tenda no meio do largo. Mais tendas haveriam de ser erguidas para abrigar os novos desalojados pela queda do quarto prédio. E em muitos largos outras tendas se montariam para instalar os que fugiam de todo o País, por causa da guerra que agora era generalizada. E os escombros começados no Kinaxixi se espalhariam por todas as cidades, num vendaval de loucura. Só que nos outros sítios, os prédios não ruíam com notas de música e sem ferimentos, como no Kinaxixi. Nos outros sítios, desmoronavam vermelhos, sangrentos.

Era um cântico suave, doloroso, que uma criança um dia ouviu. Disse aos amigos, que riram. Agora a água canta? É tão bonito, mas tão triste, repetiu a criança, Cassandra de seu nome. O prédio ao lado, onde Cassandra morava no nono andar, apresentava já alguns apartamentos com paredes de tijolos. Como aquela gente conseguira subir com os tijolos pelas escadas periclitantes, era um mistério para os vizinhos. Vozes se levantavam, devia desalojar-se os refugiados e terminar a construção do edifício segundo todas as regras. Assim era um perigo para toda a gente. Os que habitavam lá e os que se encontrassem embaixo quando tudo desmoronasse. Mas os inquilinos clandestinos pouco se preocupavam. Antes morar ali que na rua. E se ruísse com eles lá dentro, nada aconteceria, então não estavam em pleno largo do Kinaxixi, onde as quedas não magoam ninguém? Cassandra insistia, os pais não quiseram ouvir o cântico. Os amigos riam, Cassandra pirou de vez, diziam. Então não é maluco quem ouve o que mais ninguém ouve, ou quem vê o invisível para os outros? E no entanto o cântico subia, cada vez mais dorido, das águas escuras onde rãs e cacussos coabitavam no meio de plantas de folhas redondas. Cassandra deixou de falar nisso, por inútil. Mas muitas vezes se punha à beira da lagoa, ouvido atento, o pé ritmando a música. E a sua cara de menina entristecia como as flores ao fim da tarde.

Os dias foram passando com as notícias de outras cidades onde se combatia. Antes a guerra era apenas no campo, uma guerrilha que só aparecia próxima pelas consequências. Depois das eleições, a guerra passou a ser citadina, a destruir prédios. O governo tentava refazer o exército que se tinha dissolvido antes das eleições, recrutando maciçamente antigos militares e novos recrutas. Comprando apressadamente o material que tinha sido desviado ou vendido ao desbarato. E Carmina um dia apareceu em casa esfuziante.

– Saiu a taluda, nem imaginas. Finalmente a riqueza. Sim, querido, riqueza.

João Evangelista fez um esforço para esquecer por momentos a guerra que travava contra os astecas, qual Hernan Cortez conquistando o fabuloso ouro do Novo Mundo. Já deviam ser horas do almoço, se foi logo levantando sem mesmo consultar o relógio.

– Vamos enriquecer quase numa assentada – repetiu a mulher, já na mesa. – Numa não, em duas.

– Qual é o negócio?

– Armas.

Felizmente João ainda se estava a servir. Se já tivesse comida na boca, morreria engasgado. Ficou de boca aberta, olhando para CCC, que ria, toda feliz por despertar tão grande espanto. Não foi capaz de falar, ficou só assim, de boca obscenamente aberta.

– Como sabes, há o embargo internacional às duas partes em conflito. Quer dizer, o Governo legitimamente eleito não pode legalmente se armar para se opor ao nosso inimigo que guardou ilegalmente todo o seu poderio militar. Mas há uma maneira de se resolver a questão. Certas empresas, que não são do Governo, dão o nome para o Governo comprar armas e munições a outras firmas de países que nem produzem armas. Claro que a empresa que dá o nome para a operação ganha uma comissão, uma pequena percentagem porque é para um fim patriótico. Só que uma pequena percentagem num negócio de muitos milhões é muitas centenas de miles de dólares. Dólares, não é kwanzas ou rublos ou escudos. De dólares.

— E a tua empresa...

— Exatamente. Fui contatada porque, bolas, já que há negócio, que seja para camaradas que sempre foram firmes, por que razão dar a outros? Só tenho que mandar dois faxes, mais nada. Já os mandei, aliás. E daqui a umas semanas, centenas de miles na conta que abri em Sugaland, o novo paraíso fiscal. Deixa esta guerra acabar que vamos passar férias no Havaí. Se o Joaquim Domingos, que é quase matumbo, foi o ano passado, por que não havemos de ir?

O oficial de artilharia Joaquim Domingos, o tal que desfazia cardumes com o seu lança arpão de laser, era realmente uma obsessão para Carmina. Sempre que fazia um negócio, ou estava para nele se meter, tinha de puxar como exemplo o antigo amigo, hoje tão criticado. No entanto, a razão das críticas mudara com os novos tempos: era agora apontado como um dos que tinham destruído todo o arsenal bélico para benefício pessoal. João pensou que um dia havia de apurar as razões profundas de tal obsessão. Quando tivesse tempo, pois tinha outras preocupações mais urgentes.

— Mas, Carmina, já te meteste nisso?

— Claro, já mandei os faxes. Agora é só esperar pela bufunfa. E há outro negócio ainda maior no Oriente. Daqui a umas semanas.

— Não sei, não. Negócios de armas dão uma confusão...

— Confusão nenhuma. São para nos defendermos. E temos a legalidade pelo nosso lado, não ganhamos as eleições, declaradas livres e justas pela ONU? Então? Temos ou não temos o direito de nos defender? Esse embargo foi criado pelos americanos só para que os outros tomem o poder pela força. E já há muitas pressões internacionais para que os americanos declarem o embargo injusto.

– Sei disso. Mas é dinheiro sujo...

– Drogas é que são negócios sujos. Com drogas nunca me meterei, claro. Este não, é limpo e legítimo.

Valia a pena insistir? Carmina estava decidida e nem uma ponta de remorso se adivinhava na sua atitude. Se outros aproveitam da situação, porque não eu, ainda por cima por uma causa justa? Acabaram as morais de convento, agora estamos na economia de mercado, existem três séculos de ética capitalista a demonstrar a legitimidade da coisa. Ele nem respondeu, o mal já estava feito e escudado por argumentos imbatíveis. Resta só baixar a cabeça, como faz o caranguejo segundo o antigo provérbio lunda, e esperar a próxima vaga. Porque ela virá.

Acabaram de almoçar e ele voltou para o computador. Tinha de ir ao serviço, já há vários dias não aparecia. Com a guerra, a empresa estava ainda mais desorganizada, até estivera fechada durante duas semanas, ninguém ia trabalhar. Mas o chefe podia dar uma de exigente, pois em período de confrontos, os chefes ficam sempre mais prepotentes, descobrem alma militar, mesmo o diretorzito de uma firma em falência técnica se sente coronel em combate. E detestava ter de lembrar sempre que era casado com uma deputada e membro do Comitê Central, que podia fazer uma barulheira dos diabos se o marido fosse despedido por absentismo. Tinha de lá aparecer. Mas hoje à tarde não, até porque está calor na rua e a Carmina levou o carro. Embrenhou-se pelos caminhos marítimos da América, derrotou os Astecas depois de muitas batalhas e avançou para norte com todos os barcos e armas, com o fim de tomar a cidadela do

Império. Assim passava mais um dia despreocupado, enquanto Carmina lutava para enriquecer. E como era, os dois partilhavam a súbita riqueza ou só ela? Agastado pela dúvida, lançou toda a raiva contra os arrogantes americanos.

Foi por essa altura que terminaram o processo de compra do apartamento, o que durara largos meses. O Estado desembaraçava-se dos alojamentos confiscados depois da Independência, vendendo-os aos inquilinos. Só depois de o inquilino provar que não era proprietário de nenhum imóvel. Por isso o apartamento ficou em nome de João, o que permitia a Carmina comprar mais tarde o andar todo onde tinha o escritório. Mas mesmo as influências dela não fizeram a compra andar tão depressa como desejariam. Já que a casa agora lhes pertencia, Carmina decidiu que eram precisas obras. Contratou uma empresa de construção estrangeira, que mandou para lá uma equipe chefiada por Sô Ribeiro, do norte de Portugal. Era preciso partir umas paredes, transformar a varanda de trás em marquise, mudar todo o equipamento da casa de banho, montar nova instalação elétrica, pintar. João não deixou mexer no escritório, estava bom para ele. Só no fim das obras levaria uma simples pintura.

De maneira que, mesmo com o ar-condicionado ligado, havia barulhos a mais em casa, marteladas e gente falando, os móveis a serem constantemente arrastados. Ele ia suportando, aumentava o volume da aparelhagem de música, para a música abafar o ruído do ar-condicionado que por sua vez abafava os ruídos das obras. Tudo para poder se concentrar no computador. De vez em quando, Sô Ribeiro vinha pedir qualquer coisa ou dar uma informação. Geralmente João respondia, isso é com a minha mulher, ela vem para o almoço. Não queria perder tempo a orientar as obras, em casa quem mandava era Carmina, e ele sentia-se muito bem assim. Mas havia momentos em que não podia despachar o mestre tão depressa. E tinha de lhe dar atenção, porque o doutor precisa de ver este tubo que vamos mudar, estava podre, ou porque o doutor tem mesmo de dizer se fica melhor a torneira no canto ou no meio, se esperarmos pela senhora perdemos muito tempo e sabe como é, a obra tem de ser concluída no prazo senão quem apanha a pastilha sou eu. No princípio João tentou explicar que não era doutor, mas desculpe lá, pessoa tão inteligente que passa o dia a trabalhar nessa máquina complicada que se chama computador, que escreve tanto, merece mesmo o título de doutor, tenho muito respeito pela sabedoria. Também não podia dizer que não trabalhava coisíssima nenhuma, que passava o dia inteiro a jogar. Honestidade perfeitamente inútil, pois Sô Ribeiro não ia acreditar.

O português era humilde e muito falador, simpático. Por isso João acabava por lhe fazer as vontades. E um dia, na cozinha, num gesto mais íntimo, abriu a geleira e tirou duas cervejas, vai uma geladinha, Sô Ribeiro? Que o doutor o desculpasse mas devia recusar, porque se na empresa soubessem era capaz de ter problemas e ele, apesar da guerra, gostava muito desta terra e não queria ser mandado recambiado para Portugal, mas como recusar seria uma ofensa que ele não podia fazer ao doutor, tão amável, até que aceitava com muito prazer, porque este clima provoca cá uma secura e está um calor dos diabos, dos diabos não, das Áfricas. Beberam a cerveja e João ia puxando a conversa do outro, sabe, doutor, essa gente não sei o que tem nas veias, lá porque houve os tiros fugiram todos para a Metrópole, as obras quase pararam. Eu cá não. Borrei-me de medo por uns dias, não vou negar e armar em herói que não tenho de ser, mas voltei para o trabalho, nem aceitei ser evacuado. Os engenheiros esses foram os primeiros, nem imagina a cagunfa, quase gritavam pela mãezinha e até agora nem apareceram. Uns parece que já foram despedidos da empresa, porque aqui já não há guerra, vive-se nas calmas, os outros vão apresentando atestados médicos para por lá ficarem. E sabe o que dizem? Que isto é guerra de pretos, eles só estavam aqui para ganhar umas patacas e que se lixe a terra. Os engenheiros são a pior coisa que há, é o que lhe digo, doutor, pensam que sabem muito porque estudaram umas contitas e uns desenhozecos, mas são quadrados como a minha avozinha, salvo seja, que até era boa senhora. Bem os ouvia lá no estaleiro, sempre a falarem mal. Agora que quase não estão cá, o trabalho até corre melhor. E continuam a falar mal desta gente que os recebeu tão bem. Se alguém lhes pergunta por Angola, começam logo a dizer, aquilo é uma cambada de selvagens, matam-se uns aos outros por um bocado de pão, o que é falso, claro, os angolanos são gente como nós, e não conheço nenhum engenheiro tão educado como o senhor doutor, se me permite a comparação. Estou cá há três anos e não tenho razão de queixa. E não estou nada de acordo com o que se diz na minha terra sobre isto. Sabe o que dizem na televisão, não é? Que aqui em Luanda andam a matar toda a gente que não é de cá. Juro que nunca vi nada disso e neste grupo de trabalhadores que estão comigo há gente de todos os lados. Mas está muito bem informado sobre os comentários em Portugal, Sô Ribeiro, como faz para saber tudo isso? Então não tenho família e amigos lá? Telefonam-me a saber notícias e às vezes leio uns jornais que chegam. Pouco, que até me dá vômitos. Aposto que a maior parte dos jornalistas são engenheiros ou tentaram ser. Sô Ribeiro, vejo que o senhor não gosta mesmo de engenheiros, sabe, eu até estudei engenharia mas desisti. E fez muito bem, senhor doutor, só lhe dá merecimento ter desistido, prova que é boa pessoa.

Com Carmina o relacionamento não era bom. Ela chegava para o almoço, o qual muitas vezes se atrasava por causa da desarrumação da cozinha, onde partiam uma parede, disparatava injustamente a Joana, a empregada, depois ia sempre descobrir qualquer coisa nas obras que não ficara como ela queria. Sô Ribeiro lá se ia defendendo e à empresa. Mas as discussões eram constantes. Ele não se queixava a João, dizia sempre que o cliente tem razão, mas deixava no ar algumas observações como por exemplo se era mesmo necessário que o chão da casa de banho fosse cor de rosa, se não podia ser azul ou branco, cores que eles possuíam. Nas circunstâncias atuais, certas exigências pareciam exageradas, dada a falta de produtos. Tudo tinha de ser importado e eram processos demorados. Carmina não queria saber. Pagava e portanto tinham de seguir os seus desejos. João considerava alguns desejos como caprichos tolos, mas não se metia, jurara não o fazer desde o princípio. Sô Ribeiro baixava a cabeça, tentava satisfazê-la. Vamos fazer como a senhora quer, dizia para João, mas já sei, o engenheiro vai dar-me nas mãos, é só o que ele sabe fazer.

– Mas ó sô doutor, há uma coisa que não percebo. Desculpe o atrevimento, sei que não vai levar a mal, é pessoa compreensiva. Aqui a sua empregada disse-me que o nome dela não é nada Joana, se chama Fátima, em casa chamam-lhe Fatita, que até acho mais bonito que Joana. Por que a chamam assim?

Joana olhou assustada para o português e fugiu da cozinha. João sorriu, sem saber bem porque o fazia, comprometido, pois a pergunta tocava num ponto sensível. Não dava para parecer ofendido e responder não tem nada com isso, até porque o outro visivelmente não usara nenhuma malícia, sempre no seu jeito ingênuo.

– Sô Ribeiro, isso é coisa da minha mulher. Mudamos muito frequentemente de empregada, elas não param cá em casa. Vá lá esta, por sinal tem se aguentado mais. Mas então a minha mulher diz que não tem paciência para estar sempre a aprender um novo nome. Como a primeira se chamava Joana, as outras todas aqui em casa passaram a se chamar Joana.

– Estranho, não é? – foi o único comentário de Sô Ribeiro.

João foi se refugiar no escritório, incomodado com a pergunta que lhe fazia lembrar uma maka antiga com Carmina. Eram as senhoras coloniais que mudavam os nomes das empregadas para Maria ou Joana, vem mesmo na literatura. E a sua mulher tinha aprendido com as colonas e usava depois da independência o mesmo sistema. Quando lhe fez notar isso, discutiram duro, mas como sempre, CCC levou a melhor. E as empregadas acabavam por aceitar, no fundo que importância tinha mudarem de nome se isso não as fazia perderem o emprego? No tempo em que se dizia a luta era para a abolição das classes sociais, isto era um sintoma de prepotência e elitismo que podia fazer cair um político, se chegasse ao conhecimento dos sindicatos. Mas nem esse argumento demovera Carmina, o Partido não tem nada que se meter na minha casa, no que ele estava aliás de acordo, embora fosse pouco prudente afirmá-lo. Estranha Carmina, com as suas contradições. Como estranho era aquele ressentimento em relação ao oficial de artilharia Joaquim Domingos, a esconder segredos. Encolheu os ombros e entrou no jogo.

Capítulo 4

A guerra marcava o ritmo da vida das pessoas, embora estivesse mais longe de Luanda. As conversas só tinham esse tema introdutório. Mesmo que depois novos temas surgissem, como as habituais zongolices sobre a mulher que enganava o marido ou o mais interessante de há uns tempos para cá, o dos negócios. Claro que estes corriam a fogo brando com a falta de dinheiro provocada pelo reacender da guerra. Exceto os de compra de armas e equipamentos militares, mas isso era assunto reservado a poucos eleitos.

Carmina era agora frequentadora habitual das butiques de luxo que conviviam com a miséria indescritível dos refugiados e das crianças órfãs ou abandonadas que enchiam as ruas da capital, dormindo ao relento nos pórticos da Avenida Marginal ou na areia da Ilha de Luanda. CCC dizia que agora tinha dinheiro, podia se dar o luxo de vestir bem, esquecida a fase austera de militante da Juventude. O Parlamento tinha tomado posse sem a maior parte dos membros do partido rebelde que pegara em armas. Ela passava o dia na bancada maioritária, o que não a impedia de ir tratando dos seus negócios, os quais, diga-se de passagem, não lhe tomavam muito tempo. A única vez em que se sentiu mais apertada, foi quando estava a tratar de uma importação de três contentores de uísque e ao mesmo tempo havia um debate importante na Assembleia. Pediu a João Evangelista para lhe tratar de um papel, já que ele saía nesse dia de casa para ir ao serviço. Coisa fácil, não perdes muito tempo no Banco, já está tudo encaminhado. É que se mando lá a Francisca nunca mais se resolve.

Francisca era a secretária, sua única empregada na empresa, que tinha por missão atender os telefonemas e cuidar do fax. João tinha mesmo que ir ao trabalho, ainda resmungou só para si próprio, finalmente começo na empresa como moço de recados. Acedeu, como naturalmente fazia a qualquer pedido da mulher. De fato o papel não lhe tomou mais que cinco minutos. Afinal seria tudo assim tão fácil? Ele tinha horror à burocracia, o que só lhe ficava bem aliás, e tinha imaginado ir carpir durante uma manhã inteira no Banco. Saiu de lá com o papel, mais aliviado e até conciliado com o mundo dos negócios de Carmina.

O problema foi quando Carmina chegou a casa para o almoço. Vinha uma fera. Disparatou logo com Joana, vulgo Fatita, encontrou tudo errado no trabalho dos pedreiros, Sô Ribeiro já tinha saído e ela não pôde descarregar a fúria, acabou por ser João a ouvir os desabafos:

— Imagina tu que aqueles hipócritas querem fazer passar uma Lei a impedir os parlamentares de serem gerentes de firmas. Que é incompatível. Ah, mas eles vão ouvir das boas. Cambada de incapazes, querem ser políticos profissionais, viver do salário miserável de deputados? Cultivar a miséria como virtude, armados em franciscanos de meia tigela? Como se isso os elevasse aos olhos do povo. O povo respeita só os ricos e poderosos, ainda não perceberam?

— Durante muitos anos foste política profissional e não te deste mal. Era a tese de Lênin, já esqueceste?

CCC lhe lançou um olhar incendiário. João se encolheu um pouco na cadeira, já arrependido de ter falado.

— Era noutro contexto e com outros objetivos. Agora estamos na economia de mercado. Como depois vão querer empresários no Parlamento, abrir o Partido a todas as classes sociais, se os obrigam a largar as empresas?

— Largam nada. Arranjam testas de ferro para dar o nome às empresas. E continuam a geri-las nas calmas. É o que se faz nas países democráticos.

— Sei disso. E é o que nos vão obrigar a fazer. Hipócritas! Fomos meia dúzia que nos batemos contra isso. Derrotados à partida, perante a massa dos populistas que querem dar prestígio ao Parlamento, fazendo parecer que os deputados são representantes do povo anônimo e desgraçado.

— E não são?

— Tretas! Só hipocrisia.

— Mas já aprovaram a Lei?

— Ainda não, o documento é muito grande. Mas esse ponto já passou e nada há a fazer, o princípio foi aceite.

João Evangelista não perguntou mais nada, era conversa que não lhe agradava. Instintivamente. De alguma forma haveria de sobrar para ele.

À tarde não foi ao trabalho, já tinha cumprido de manhã a sua obrigação semanal, o salário não justificava maiores sacrifícios. Foi para o escritório destruir mais cidades inimigas, aperfeiçoando uma estratégia infalível que o levaria a ter um Império mundial e terminar o jogo com o título de "Conquistador" por baixo de uma galeria de retratos de chefes por ele vencidos, que iam desde Alexandre o Grande e Ramsés, até Stálin e Mao. Mas toda a tarde um terrível presságio o invadia.

Presságio que se confirmou quando Carmina, ao chegar à noite a casa, o convidou para irem jantar ao restaurante mais caro de Luanda. Boa coisa não vem daí e já sei o que é. Mas como escapar a tão amável convite da adorável Carmina, agora com todas as formas recuperadas?

Era uma repetição de algo que acontecera ou apenas a intuição que lhe fazia ver as cenas como já velhas? O restaurante era de fato muito bom, todos muito gentis e a comida de primeira. CCC falava sobre assuntos da Assembleia, o que tal tinha dito a defender um ponto, e como sicrano tinha respondido a uma pérfida provocação de um membro da oposição. E como havia um carregamento qualquer que ia chegar com sedas e rendas que ela encomendara para boutiques de luxo. Mas, Carmina, devias ocupar-te de comida, as pessoas morrem de fome, ia ele a replicar mas parou no momento exato em que abria a boca, não valia a pena contrariar, o pior estaria para vir, ele já sabia até o momento, quando bebessem o digestivo, o filme corria todo com a patina de muito ter sido rodado e mostrado, nada era imprevisível. A mulher também o informou que iam comprar um carro novo, aquele antigo que ela herdara da Jota já estava podre, havia uns modelos recentíssimos e de grande comodidade, tinham deixado a miséria comunista de antes, ela ainda esperara os novos carros para os deputados, mas afinal vinham poucos e seriam privilegiados os membros da oposição, coitados, não têm onde cair mortos, assim vão ficar mais cooperativos com o Partido maioritário. Não o convidara para lhe dar a novidade que iam ter um carro novo, o assunto não o merecia, João sabia. Por isso só perguntou que marca ela escolhera. Um japonês, claro, para dar mais uma mordidela ao nosso recente amigo americano. A raiva ao Império não passara, nisso ela era consequente, como em muitas outras coisas aliás. Finalmente vieram os conhaques. Sorriso nos olhos brilhantes, Carmina perguntou:

— Lembras-te da nossa conversa do almoço?

Chegamos ao ponto, pensou ele, resignado. Encostou-se bem para trás na cadeira, tinha chegado o momento de se desforrar do muito ressentimento de macho amachucado. Assentiu com a cabeça.

— A tal Lei vai passar mesmo. Estive a falar com os meus colegas que são deputados e empresários. E, como sempre, a tua brilhante ideia vai ser seguida por todos, é a única alternativa.

— Minha ideia? — Bem se preparara na defensiva, mas Carmina conseguira afinal surpreendê-lo.

— Claro. A tua brilhante ideia. É curioso que só tu não dás valor à tua inteligência, querido. Então não foste tu que disseste logo que o que era preciso era passar a gerência nominal das firmas para pessoas de confiança total? Viemos aqui jantar para comemorar a nossa sociedade. Ficamos sócios, tu és o gerente, e podem aprovar a tal Lei das incompatibilidades, estou nas tintas para isso.

Agora que precisas já te lembras de mim para sócio. Nunca quis tal sociedade, mas esperava que me convidasses por cortesia e dar-me o prazer de dizer não.

— Quando criei a empresa, quis associar-te. Mas já sabia qual era a resposta. Que não nasceste para os negócios, que detestas a burocracia contra a qual ia ser preciso combater, por isso poupei-te. Arquei com tudo sozinha, pelo puro desejo de te deixar tranquilo e feliz no teu canto, com os teus livros e com o computador. Mas estou numa encruzilhada e por isso te peço que me ajudes. Não confio em mais ninguém. Já sei, estás a imaginar que isso te vai dar trabalho. Juro que me ocuparei de tudo. A única formalidade necessária é irmos ao notário para assinarmos uma nova escritura com os dois nomes de sócios. E evidentemente assinar uns papéis de vez em quando. Nem precisas de os ler, trato de tudo. Só isso que te peço. Por favor.

Ele tinha visto o filme, só que, como sempre acontece com as releituras, o tom não era o que esperava, havia uma vírgula que mudara de sítio na frase, alterara o discurso. Carmina era sem dúvida uma filha do seu partido.

— Ocupas-te de tudo. Mas decides meter-te por exemplo em negócios de armas e quem apanha depois sou eu.

— Lá vens tu com essa história. Foi tudo perfeitamente legal, ninguém nos poderá acusar de nada. Juro que nunca tomarei nenhuma decisão que te coloque em posição duvidosa. E podes manter o teu emprego, para ti não há incompatibilidades.

Carmina pedia com os olhos. Da maneira que o tinha feito quando com ele quis casar e ele punha reticências. Gostava dela, queria viver com ela, até morrer com ela, mas o casamento aparecia como um fardo demasiado pesado, eram jovens. E havia a oposição declarada de Mateus Evangelista. Por isso hesitou. Ela olhou-o de certa maneira, finalmente era uma menina indefesa para além de toda a capa de força e confiança. Ele acedeu, dispondo-se a afrontar as iras paternas. Nunca tinha sabido resistir a um pedido tão veemente. O orgulho amachucado se tinha dissolvido no ar com a explicação prévia dela, fora para o poupar que não fizera dele seu sócio, nunca para o ofender ou diminuir. E ele acreditava. Porque João acreditava piamente no amor de Carmina, nunca ela lhe deu o mínimo indício para dúvidas. Só uma coisa o intrigava ultimamente.

— Vamos pôr as cartas na mesa. Mudando de assunto, mas que acaba por estar ligado... Que se passou entre ti e o Joaquim Domingos?

O espanto estampado no rosto dela era genuíno. Ficou assim por segundos. Logo os olhos sorriram, brilhando, depois apareceu um esgar de raiva.

— Aquele bandido! É fantástico, como descobriste? Não te contei, porque não te dizia respeito, ia só te chatear e não adiantava nada. Mas já que pensas que é importante... Tempos depois de casarmos, um ano talvez, o Joaquim Domingos começou a andar atrás de mim, acabou por me fazer propostas. Dei-lhe para trás, como é lógico. Ficou cheio de raiva, ameaçou que me ia arrumar politicamente, eu nunca ia subir na Jota, era um antigo militante com muita influência. Claro que eu subi na Jota e no Partido e ele é um corrupto. Foi isso. Para que contar-te, ia adiantar alguma coisa? Como não te contei de outros que me atiraram os olhos lambezudos para cima. Só que esse foi longe demais e me chegou a ameaçar, a tentar usar prepotência.

A verdade. Aquilo era verdade, João não duvidou nem um segundo. Como não confiar inteiramente nela? Fora uma pausa, uma curva, estava de novo na estrada principal, com um tremendo problema à sua frente, tinha de decidir. É muito mais fácil escolher o caminho entre a opção do ocidente, para invadir a América, ou a do norte, para invadir a Europa, se somos zulus e devemos criar um Império Mundial. Aqui não se trata de um jogo, é de vida que se trata.

– Ponho uma condição para aceitar ser sócio-gerente, a pessoa que vai para a cadeia se algo correr mal.

– Não dramatizes, são negócios limpos, tudo dentro da lei. Mas aceito a tua condição, querido. Sem mesmo saber qual é, porque sei que será razoável.

– Que não haja mais negócios de armas e munições. Compra fardamentos, comida para a tropa, mochilas, tudo bem, mas armas e munições não.

– Eu já tinha aceitado antecipadamente, querido. Vou respeitar a tua condição.

Carmina chamou o criado e encomendou uma garrafa de champanhe, o mais caro francês, porque em Luanda sempre foi assim, temos fome e o melhor champanhe francês e uísque velho. Muitos morrem por ingerirem caporoto barato, destilado clandestinamente com pilhas para acelerarem a fermentação, mas esses não contam, são os marginalizados do processo, deste e do anterior. Quando beberam o primeiro gole, depois de amorosamente tocarem as taças, ela disse:

— Com o negócio das armas ganhamos um milhão de dólares, que já está a render juros em Suguland. Com a tua condição, acabamos de perder mais de três milhões, querido. Já estava tudo encaminhado, bastava mandar os habituais faxes. Mas tudo bem, amanhã mesmo vou passar o assunto para o Rodrigo, que também está na lista dos empresários de confiança e precisa de um apoio agora que a mulher o deixou para um senegalês.

Disse em tom ligeiro, sem nenhuma recriminação. Beberam as taças e encheram outra vez. À boa moda da banda, não sairiam dali sem acabarem a garrafa. Um restinho podia ficar para o criado fazer boca. Foram para casa, sussurrando-se promessas de amor para essa noite.

Ao subirem para o Kinaxixi viram o prédio da ponta da direita no chão. Centenas de pessoas mais procurando no entulho. A polícia bloqueara a rua e tinham de ir mesmo pela esquerda. A bandeira tricolor de um país europeu que antes flutuava no alto do edifício devia ter voado suavemente até ao chão, pois agora corria nas mãos de crianças imitando uma passeata política ou alguma final vitoriosa da Taça de África de Basquetebol. A confusão aumentara mais um pouco no largo, transformado em arraial de tendas. Havia também água no asfalto, o que era novo. Algum tubo que se rompeu. Conduzindo pela esquerda do largo, João reparou que a água vinha mais de cima, não do prédio acabado de ruir.

Cassandra ouviu o cântico que a chamava. Se aproximou da lagoa formada ao pé do prédio em construção. Notou a água que subira de nível. Já era noite, os carros ainda passavam no Kinaxixi, mas sem o tráfico intenso de dia, agora cada vez mais lento por causa do entulho acumulado. Havia lua cheia, mas só se podia notar olhando para ela, porque as torres de iluminação do largo empalideciam o seu brilho. O cântico era muito mais forte que o habitual. Se podia mesmo entender uma ou outra palavra. Cassandra, nascida em Luanda, só percebia português. E lhe parecia ouvir palavras nessa língua. O espírito das águas, como ela chamava agora à voz que trazia o cântico dolorido, queria falar com ela? Foi acordar Janico, que já dormia. Desceram os dois com mil cuidados do prédio, ele a resmungar de sono, essa tua mania de espírito das águas, estás masé a ficar maluca. O cântico aumentara de volume e o nível da água escura também, alguma escorria já da borda para o passeio. Se puseram a escutar, ela ouvia palavras conhecidas no meio de sons incompreensíveis, mas Janico abanava a cabeça, a irmã estava a estagiar, como agora se dizia, mas uma coisa era certa, a água corria para o passeio, arrastando já algumas folhas das redondas plantas aquáticas que por cima dela nasceram na lagoa e alimentavam os cacussos e as rãs. Cassandra não queria voltar para o prédio em construção, não podia dormir, atraída pelo cântico suave e sofrido, fascinada pelo lençol de água que escorria, mas ele lhe deu um puxão, quase a empurrou para as escadas improvisadas e lá subiram para o cubico.

Aquela água escura, de lodo, que começara a sair da pequena lagoa ao pé do prédio em construção, ia ser motivo para muitos falatórios, pesquisas e relatórios. Os serviços camarários escavaram acima da lagoa, procurando algum tubo roto que alimentasse o caudal de água escura que saía mesmo ao lado do prédio em construção. Não encontraram nada. O sistema parecia normal. Claro que um sistema normal para a gente da companhia das águas era apenas um sistema em que não jorrava demais por todos os tubos e buracos, a normalidade também é relativa. Mas a água continuava a sair pelo passeio, atravessava o largo do Kinaxixi, descia pela Rua da Missão, dificultando o tráfico, desviava pela direita em direção à Marginal. E ia cavando o asfalto. Durante dias os bueiros feitos para drenar a água das chuvas ainda funcionaram. Mas depois entupiram e a Marginal começou a ficar inundada, perante a incapacidade das autoridades e os impropérios dos automobilistas. As cartas para os jornais reclamavam medidas, os populares entrevistados pela televisão diziam já era demais, que se fizesse alguma coisa, a rádio aproveitava meter ao ridículo algumas iniciativas e exigia ações urgentes. Mas o quê, se já não sabiam mais? O regato procurara o seu leito antigo e queria desaguar na baía. O passeio da Marginal impedia-o. Havia que cavar uma saída para o mar, propunha um articulista. Era preciso bombas de sucção, dragas, sei lá o que fosse, protestava outro. Arnaldo Santos, o escritor do Kinaxixi, sorria e dizia é preciso masé tapar a saída da Rua da Missão, juntar o entulho dos prédios caídos nessa zona, como os padres do Carmo fizeram séculos atrás com terra e deixar se reconstituir a lagoa do Kinaxixi, tal o desejo de Kianda. A esposa achou ele estava a variar, nem fales isso em público, que caímos no ridículo. Mas sempre que vinham com a conversa da água que não parava de jorrar da pequena lagoa encravada entre os prédios ele repetia a sua ideia, com uma voz tão misteriosa que os ouvintes nem sabiam se falava, se profetizava. E a água ia cavando prodigiosamente o seu leito, uma fenda se ia formando por onde ela passava.

Qualquer coisa tinha enfim superado na imprensa internacional a imagem guerreira de Angola. Quando os grandes jornais ou estações de TV falavam do País, era para explicar a evolução da síndrome de Luanda. O Papa rezava pela paz mas também pela descoberta da síndrome. Porque toda a gente ligava agora os dois fenômenos, aparentemente tão diferentes, o fato de os prédios ruírem com tilintares e sem sangue e a água que brotava do nada numa região quase desértica. Veio um conhecido sismólogo americano com a teoria já feita antes mesmo de desembarcar e ser picado pelo primeiro mosquito na bunda redonda. Chegou ao aeroporto e perante a multidão de jornalistas que o esperavam, declarou Luanda uma região sísmica em atividade e ele vinha estudar a intensidade dos abalos pois era claro, evidente, só os cegos não viam, que os dois fenômenos tinham a mesma causa, os tremores e talvez fatais fissuras que estavam a se produzir no interior da crosta terrestre. Como não havia memória de esta região ser abalada por nenhum tremor de terra, nem sequer um soluço, os jornalistas ficaram de boca aberta e transmitiram para o mundo que em Luanda se produzia o mesmo tipo de acontecimentos que na conhecida fenda da Califórnia, o que se provava pelo verdadeiro vale que a água jorrante do Kinaxixi provocava ao longo da Rua da Missão e da Marginal. Mestre Mingo, conhecido ladrão da urbe, segredou para os kambas, meus, esse kota americano é bué, tá dizer Luanda parece Los Angeles, ainda vamos nos profissionalizar com assaltos nos bancos e raptos de ricaços, que isso de roubar carros já não está na moda, temos de imitar os ianques também na especialidade. A guerra estava quente, mas as pessoas não diretamente envolvidas nela até a esqueciam, atraídas pela novidade. Os franceses foram mais generosos e em vez de um sismólogo mandaram uma bateria de sábios, numa enorme equipe multidisciplinar dirigida por um conhecido espião. Até um vulcanólogo. Alguns kaluandas riam nos bares, ainda vão dizer que isto é vulcão que não vomita fogo, mas água suja com cacusso. Chegou mesmo num voo charter um grupo de turistas alemães, logo seguido por sul-africanos, japoneses e até mesmo finlandeses, com os seus repelentes antimosquito, maletas de medicamentos contra picada de cobra e lacrau, cartões de crédito eletrônicos que não eram aceites porque esse hábito ainda não tinha sido adotado na banda, máquinas de fotografar, filmar, gravar, para medir a tensão e o pulso, comida enlatada, tendas, capacetes brancos e calções de caqui, cartas de recomendação e os outros artigos habituais em bagagem de turista para país selvagem.

Um japonês, apelidado imediatamente pelos kaluandas de Chibo, por causa da barbicha que ostentava, montou a sua barraca de campista no meio do largo, junto das tendas dos refugiados, se armou de toda a paciência oriental e ficou durante dias, atrás da sua máquina de filmar com tripé, apontada para os poucos prédios que restavam eretos, do lado da praça onde tinha caído o primeiro. A malta da televisão angolana gozava o japonês, metia conversa, filmava-o a ele e fazia reportagem sobre o insólito operador de câmara que apostara filmar um prédio a cair. E até apostara no edifício, pois a câmara estava vinte e quatro horas apontada para o mesmo. A malta da televisão gozava e depois ia embora para alguma farra. Erro de subdesenvolvido. Quando o prédio do restaurante caiu, só Chibo filmou a cena toda. Era a primeira vez que se podia observar no vídeo e ao retardador se apetecesse, um prédio do Kinaxixi a ruir. Chibo vendeu o vídeo a uma televisão americana que se vê em todo o planeta, ficou rico, foi construir a sua casa antissísmica numa ilha japonesa. E a malta da televisão angolana ficou a roer as unhas, o raio do oriental lhes tinha ensinado que a paciência paga. Pôssas, meu, com o produto ali mesmo na mão, lhe deixamos escapar embora para o japonês. Só mesmo muita cerveja faria esquecer tanta frustração.

Com o vídeo do Chibo, já se podia estudar melhor o fenômeno. E observar a reação da senhora espanhola que, apanhada no ar por ventos contrários, apenas se preocupava em apertar a saia para não mostrar as cuecas. Ou a criança que sorria e agitava os braços tentando voar. Ou o médico que desceu segurando o estetoscópio. Ou o polícia com as calças arreadas, porque foi apanhado em plena retrete. No entanto, as escolas se dividiam em debates, os especialistas das diversas áreas se pegavam à pancada e sapatada como em alguns respeitáveis parlamentos, ninguém conseguia apresentar uma tese plausível para explicar as causas da síndrome de Luanda. Mesmo com o vídeo do japonês.

Os donos de hotéis, restaurantes e lanchonetes é que estavam satisfeitos com o insucesso dos estudos. Enquanto persistisse o mistério do fenômeno, o número de turistas ia aumentando. Finalmente Luanda se tornara um lugar atrativo para quem gosta de outras emoções fortes além da guerra. Porque esta também trazia clientes, os vendedores de canhões, os empresários falidos que vinham procurar o negócio da China, os jornalistas. As kínguilas também andavam contentes, até já tinham inventado uma canção, que caiam todos os prédios, um a um, devagarinho, para os dólares chegarem às nossas mãos trementes, como os prédios ao cair. Os meninos que moravam na rua também apanhavam mais umas esmolas e para eles tanto fazia que os prédios caíssem, eles já não tinham mesmo casa. Que caiam, que caiam todos, um a um, devagarinho...

Era um cântico parecido que Cassandra ouvia na borda da lagoa. Começava a captar mais que palavras isoladas. "Que caiam, um a um, devagarinho". Depois palavras. E uma frase que só entendeu quando a ouviu também da boca do escritor do Kinaxixi, em passeio pelos destroços do largo: "O desejo de Kianda". Ainda era pouco para perceber o sentido da mensagem. Mas o cântico era cada vez mais forte e imperceptivelmente cada vez menos dolorido, se transformando aos poucos em canto de combate. Por que só ela ouvia, nem mesmo Janico? Ficava triste, a marcar o ritmo, mas ao mesmo tempo se sentia atraída por aquela água escura. Como se alguma coisa a chamasse lá do fundo. E o coração apertava, segredava tristezas.

Capítulo 5

As obras em casa estavam quase no fim. Foi ao ver o vídeo do japonês na televisão e os comentários seguintes, que João Evangelista, pela primeira vez, achou o absurdo da ideia de Carmina. Como uma sensação antiga, indefinível, que andava a vaguear por cima dele e que a sua distração não captara logo no início. Só agora, com as obras no fim, é que o óbvio aparecia claramente. Mas ele era generoso e evitava recriminar a mulher. Assumiu parte da culpa. Naturalmente. Assim fora educado.

— Cometemos um erro dos diabos. Fazer obras num prédio que vai cair.

Carmina olhou para ele muito a sério. Ficou silenciosa, matutando. Mais tarde, num fio de voz:

— Achas mesmo que vai cair, João? Não estamos no largo.

— Estamos nas traseiras dos prédios do largo. Quem nos garante que o fenômeno não vem para aqui e começa a derrubar os prédios adjacentes? Sempre quiseste ter uma vivenda e fomos gastar dinheiro à toa neste apartamento. Antes comprar uma, bem longe deste sítio, até temos bufunfa para isso. É claro, Carmina, como só agora me passou pela cabeça?

— Nunca pus essa hipótese... Mas de fato, quem nos garante? Sempre a ouvir falar dos prédios do Kinaxixi, o Kinaxixi... Como este já está na Rua do Cónego, nem me passou pela ideia. Tens razão, vamos comprar urgentemente uma vivenda fora desta zona. Os negócios vão bem, já dá para investir nisso.

— Ainda faltam três prédios, se há alguma lógica nisto tudo.

Com efeito, ainda existiam três prédios de pé. O que estava

em construção e que era o maior de todos, o que lhe fazia face do outro lado da Avenida dos Combatentes e o do mercado. O resto eram montes de sucata. Depois desses três caírem, tudo podia acontecer. E por que teriam de cair primeiro os três? João Evangelista evitava pensar nisso, jogando cada vez mais furiosamente, inventando estratégias novas para construir o império mais depressa, mais depressa, derrotando todas as outras civilizações, o que fazia aumentar os resultados.

Carmina, entretanto, ia procurando casa. A sua ideia antiga era construir uma na parte sul da cidade, para lá do Futungo de Belas, num morro de onde se visse a baía do Mussulo. Se falava nesse projeto de edificar Luanda-Sul, no fundo uma cidade para os ricos. Com condomínios rodeados de relva, piscinas e esquemas de segurança bem montados. Mas isso ia demorar anos e havia urgência. O problema é que quem tinha casa preferia alugá-la a um estrangeiro ou a uma organização, recebendo a renda em dólares, vivendo comodamente apenas desse aluguel. As casas à venda eram demasiado pequenas, ou localizadas em locais impróprios. Só vendia boas casas quem tivesse decidido abandonar o País e essas ocasiões eram raras, havia sempre uma empresa estrangeira à frente. À medida que o tempo passava, Carmina ia ficando mais nervosa, falava agora todos os dias na catástrofe que se anunciava. Referia "a coisa" que deu no Kinaxixi, já não a atribuía a sabotagem.

E estourou outra confusão, um dia que Carmina chegou fora de horas ao apartamento e encontrou Sô Ribeiro e Joana, vulgo Fatita, num longo beijo, enfiados na cozinha. João largou o computador quando ouviu os gritos da mulher, veio a correr para saber qual o desastre. O português estava todo corado, pedia muitas desculpas, que o sô doutor o ajudasse, mas aquilo era a sério, eles gostavam um do outro, ele prometia casamento, tudo no papel, não é brincadeira não, mas Carmina nem queria ouvir, já tinha despedido Joana e a ele dizia volte para a sua empresa, não o quero ver mais em minha casa, mandem outro para acabar as obras, vou despachá-lo no primeiro avião para a sua terra, vou fazer uma cavanza dos diabos, vai ver, não admito tal falta de respeito, na minha cozinha, nem deixa a empregada trabalhar, é por isso que os almoços ultimamente atrasavam sempre, o senhor veio só para desestabilizar e ainda por cima a sua obra está toda mal feita, um dinheirão que me custou e que vai para o chão quando o prédio cair e João tentava pôr água na fervura, calma, calma, vamos conversar, também não é o fim do mundo, eles são maiores e vacinados, mas Carmina não queria ouvir mais nada, essa aí vai já para a rua, fora da minha casa e nunca mais apareças, e o senhor leve os seus homens imediatamente, quero outra equipe a terminar as obras, a sua empresa que se vire, o que ia tramar definitivamente Sô Ribeiro, o patrão nunca lhe ia perdoar o escândalo feito em casa de uma deputada, destruía a reputação de qualquer empresa, e ele estava desgraçado, despedido do serviço e recambiado de Angola no primeiro avião, no processo do 20/24, que quer dizer vinte quilos de bagagem e vinte e quatro horas para abandonar o País, só o doutor me pode valer, convença a sua senhora que não foi por mal, foi só amor e isso é bicho traiçoeiro que apanha qualquer pessoa num virar de esquina, raio de branco da merda, lá porque é casa de negros julga que pode fazer tudo, espumava Carmina, o que levou João Evangelista a berrar pela primeira vez para a mulher, tu cala-te já, agora vens com racismos baratos e isso não admito à minha frente, podia ter acontecido com qualquer um, e o cala-te foi tão forte, cortante, que CCC ficou de boca aberta, totalmente abuamada, nunca ele lhe ousara falar assim, mas abaixou a cabeça, não refilou, não se sabe se por ele lhe ter gritado pela primeira vez na vida se por reconhecer que tinha errado, afinal passara toda a juventude a gritar abaixo o racismo e ele aparecia à tona na primeira ocasião, pelo que fugiu para o quarto, deixando João arrumar o assunto, mas tenha calma Sô Ribeiro, tem de reconhecer que foi uma falta de respeito, não me interessa o que façam lá fora, dentro de casa é que não, no que o doutor tinha toda a razão, facilmente reconhecia o seu erro, mas a Fatita estava ali a sorrir para ele e já se tinham encontrado fora, se preparavam mesmo para juntar os trapinhos, ela a sorrir, a sorrir, com aquele sorriso matreiro, e ele teve uma vontade irresistível de lhe dar um beijo, fui um estúpido, perdoe-me mas não me desgrace, não quero abandonar esta terra bendita e se perder o emprego é o que me vai acontecer e João disse esteja descansado, não se vai apresentar queixa, da minha mulher me encarrego eu, mas acabe já as obras, porque se ela o apanha mais uma vez cá em casa não sei o que sucederá, porém elas estão prontas, senhor doutor, estava só a passar a última inspeção, talvez o engenheiro venha cá amanhã ver tudo, então que ele passe quando a minha mulher não estiver senão ela pode contar o que aconteceu, e tu, Joana ou Fatita, duvido que Dona Carmina te aceite de novo, não sei não, mas dela encarrego-me eu, doutor, juntamo-nos mais rápido que o combinado, até é melhor no fim de contas, mas tenho que lhe agradecer mais uma vez, salvou-me a vida, gente como o senhor há pouca, é o que lhe digo, senhor doutor.

 Saíram os dois e João ainda ouviu o português dizer para Joana, este sim é um verdadeiro senhor, um gajo porreiro, devia ser ministro na minha terra. Sorriu e foi enfrentar Carmina refugiada no quarto.

 Contra todas as perspectivas, encontrou-a calma a se arranjar no espelho da cômoda. Ela falou naturalmente:

 – E como terminou a cena?

— As obras já acabaram, não precisas de o ver mais. Nem a Joana, que já foi embora. Assunto encerrado, sem nenhuma queixa à empresa, senão ainda lixam o homem. Eles vão viver juntos e fazer muitos mulatinhos. Ainda serei padrinho de um deles, pelo andar da carruagem.

— Hás de convir que foi...

— Hás de convir que meteste água. Branco ou negro, que importância?

— Eu sei. Saiu-me sem pensar.

É porque estava lá no fundo do cérebro, da boca dele nunca sairia coisa parecida, pensou João Evangelista. Mas virou as costas, chegava por hoje de emoções fortes para Carmina, tinha de a poupar, já andava nervosa na perspectiva de voar com o prédio e a guerra e o país todo em pedaços. Se embrenhou logo no jogo e mal notou quando ela entrou no escritório para se despedir.

Ela saiu e pouco depois o prédio caiu. O que fazia face ao edifício inacabado. Foi à janela ver. Com a falha do prédio da Cuca, conseguia ver os escombros da nova derrocada. Só faltam dois, contou. Qual será o próximo, o mercado ou o outro? Aceitam-se apostas. Só agora o tinha pensado, mas certamente na cidade já existiria uma espécie de loteria em grande escala com os vaticínios sobre a próxima queda, essa gente não deixava escapar uma oportunidade. E foi então que lembrou o Honório, sem casa e agora sem emprego, provavelmente sem mulher.

Na véspera o amigo veio lhe perguntar se tinha ido à empresa. Não, tinha de lá ir ainda esta semana.

— Nem sabes o que me aconteceu. Conto-te já, pois vais saber quando lá fores. Me puseram na rua. E tenho de reconhecer que com toda a razão.

Não era possível. Despediram-no e ele até concorda? João esqueceu as jogadas que faria em seguida, o que era raro.

Normalmente, quando falava com alguém, só ouvia metade, pois o resto da cabeça estava virado para o jogo que tivera de interromper. Desta vez ficou totalmente atento.

– Sabes, tenho de arranjar dinheiro para uma casa. Comprar tijolo e cimento, recrutar pessoal, terreno já consegui. É impossível construir um quarto que seja com o salário que nos dão. Claro que contigo estes problemas não se põem, tens sorte de ter casado com a Carmina, mas são os mambos de toda a gente, de noventa e nove por cento da população. Eu tinha de me virar, entendes?

João entendia perfeitamente e deu o seu assentimento com a cabeça. Tantos rodeios, se trata de coisa séria. Ficou cada vez mais apreensivo com o que sucedera ao amigo. Ouviu só.

– Comé que faz um pequeno funcionário como eu para arranjar algum suplementar? Se tivesse direito a carro do serviço, utilizava o carro como táxi, arredondava o salário. Se estivesse numa repartição, exigiria um preço para passar um certificado ou um atestado. Se fosse professor, vendia os pontos de exame aos alunos. Não é o que se faz? Mas nós lá na empresa, que podemos fazer? Eu trabalhava com números, com contas, tudo abstrato. Até que me lembrei. A única a coisa a fazer era negociar com os que deviam dinheiro à empresa. Eu diminuía o montante das dívidas deles e me davam uma comissão. Azar! Só consegui fazer um negócio com proveito. Rendeu pouco, uns milhões, mas sempre era mais que o salário de um mês. Logo na segunda tentativa fui apanhado. Foi azar que por uma coincidência incrível o chefe pediu o processo desse cliente que eu acabara de falsificar. Ainda havia cópias com os valores reais, eu não tinha tido tempo de limpar todo o processo. Ele topou a falcatrua. Vá lá, o chefe não queria escândalos, me deu um papel para eu pedir ali mesmo a demissão. Senão o caso ia para a polícia. Assinei, claro, ia fazer mais o quê então?

— Ias ser o primeiro preso por corrupção.
— Pois. O pior de tudo foi ainda a Margarida. Tive de lhe contar mesmo. Está que nem uma barata, não fala comigo, que nunca pensou que o marido fosse um corrupto como os outros. Adianta mesmo dizer que isso é pequena corrupção, que não se pode comparar com a grande que está a afundar o País? Para ela, corrupção é corrupção, acabou. Foi para casa do tio, quer o divórcio.
— Também perdes a mulher?
— Tudo. Casa, emprego, mulher. Por causa dessa síndrome de Luanda ou lá do que se trata.

João não tinha palavras para consolar o amigo. Lhe passou uma garrafa de uísque para as mãos, sempre ajudava a esquecer. Ficou a ver o outro a beber copo sobre copo, nenhum falava. Pobre é tão pobre que nem roubar sabe, é logo apanhado. Adiantava alguma coisa dizer esse pensamento ao Honório? No entanto, apesar de muito batido, era o único que lhe preenchia o cérebro. Honório sempre fora servidor exemplar, nos tempos em que havia sábados vermelhos, era o primeiro no trabalho voluntário. Primeiro membro da Organização de Defesa Popular da empresa, até mereceu um elogio por ter apanhado um ladrão a tentar levar mercadorias. Convertido à nova filosofia com as mudanças políticas, era um militante da democracia e da tolerância. Sempre fiel ao mesmo partido, o de Carmina. Atirado para o crime, se assim se pode chamar, porque os salários são engolidos pela inflação, não chegam para comprar a comida de uma semana. E ainda por cima tinha de arranjar casa. Ele nas mesmas circunstâncias, que faria? Tinha estudado bastante mais que Honório, por isso talvez fosse mais cauteloso, mais astuto, arranjaria um melhor sistema para aumentar os salários. Mas porra, no fundo faria a mesma coisa.

– Olha, vou falar com a Carmina. Sem lhe contar o essencial. Só que estás sem emprego. Tenho a certeza que ela te arranja um melhor.

Já meio bêbado, Honório começou a chorar, resmungando ao que estou reduzido, meu Deus, ao que estou reduzido, sem deixar João perceber muito bem se ele se referia ao fato de não ter casa, nem emprego, nem mulher, ou de precisar de Carmina para lhe conseguir um trabalho.

– Juro-te, meu, hoje mesmo falo com ela. Vai te encontrar alguma coisa, conhece toda a gente, tem muita influência.

À noite Carmina prometeu encontrar uma solução. Numa empresa de algum amigo, para poder receber salário em dólares. Realmente ele não se safa ali com esses salários ridículos que se praticam. Hoje João tinha de lembrar de novo a Carmina. Todos os dias, até que ela cumprisse a promessa. E não havia razão para problemas de consciência. Tinha a certeza, num novo emprego, com vencimento compatível, Honório seria de novo exemplar. Por isso não contou à mulher a verdadeira razão por que o amigo saíra da empresa. Nem ela perguntou, aliás.

João Evangelista resolveu interromper o jogo e ir deitar uma olhadela na praça, embora o espetáculo já não fosse novo. De fato, era o mesmo de sempre, com as pessoas a procurarem as suas coisas no entulho acabado de se formar. O largo do Kinaxixi estava agora rodeado de escombros, exceto no lado direito de quem desce, onde ficava o mercado. No meio, separadas dos escombros pelo asfalto, as dezenas de tendas da Cruz Vermelha, algumas já rotas, onde viviam os refugiados. Estes tinham transformado a praça em verdadeiro bazar de eletrodomésticos. Vivendo da comida do PAM, sem esperança de encontrar facilmente nova casa, punham à venda as geleiras, televisões, móveis, que só entulhavam as tendas e tinham deixado de servir. Muita gente vinha ali comprar um aparelho usado a preço módico. Os meninos de rua gozavam, temos mais agentes econômicos, o País está a crescer, ridicularizando um spot da televisão de louvor ao regime.

João não encontrou Honório na tenda. Mas era tal a multidão ali concentrada que dificilmente descobriria o amigo. Viu, isso sim, a habitual fauna de turistas, engrossada a cada novo prédio que caía, e as dezenas de especialistas vindos do estrangeiro para encontrar as causas da síndrome de Luanda. Numa tenda descobriu o que vaticinara antes. Um tipo vendia uns cartõezinhos com toscos desenhos dos dois prédios de pé, para as pessoas porem uma cruz naquele que pensavam ser o próximo. Foi rápido, disse ele. Ainda andava a vender a ficha anterior com o terceiro edifício quando este caiu, disse o vendedor. Já estou a preparar as novas fichas. Por toda a cidade se faz isto, é uma forma de ganhar dinheiro. Pena é que já faltam poucos prédios, vai acabar o negócio. A menos que o bicho continue a roer aí à volta...

A rua tinha sido definitivamente fechada à circulação de veículos, por isso não se viam os carros dos novos ricos, últimos modelos de vidros fumados e ar-condicionado, para proteger os passageiros dos pedidos constantes de esmola por parte dos meninos de rua, dos mutilados de todas as guerras, dos velhos atirados para a rua pela nova mendicidade. Esses nababos é que estão bem, pensou João Evangelista, ainda sem assumir a sua condição de empresário milionário, passam por cima da miséria com os carrões gelados e música no máximo, não ouvem os queixumes dos pedintes que poderiam incomodar a sua tranquilidade espiritual. Evitou duas senhoras que lhe queriam vender televisões, passou para a outra parte do largo, onde corria a água escura que saía da lagoa e descia por ali, escavando ruas até à

Marginal, quase imprestável para o trânsito também. Ou resolvem este problema, ou qualquer dia a Baixa fica isolada, deve ser um inferno ir de carro até lá. A água podia ser canalizada até à baía, era só questão de se limparem as sarjetas entupidas. Diziam os responsáveis não era assim tão simples, mas ele ainda não conseguira perceber por quê. Certamente por causa da guerra que, na versão oficial, impedia qualquer solução para o problema mais simples. É isso, a guerra que passava a mais de cem quilômetros de distância impedia que os bueiros fossem desentupidos. Inútil encontrar afanosamente outra explicação, haja fé.

Um mutilado lhe atravessou o caminho. Apoiado nas muletas, sem as duas pernas. Me dá qualquer coisa, exigiu. Os mutilados já tinham pedido muito, acabaram por desistir, agora exigiam. E olhando bem fundo nos olhos das pessoas.

– Olhe, não trouxe dinheiro.

– Pois é. Quando eu estava na guerra era um herói, das gloriosas FAPLA, porque defendia a vossa vida. E vocês aqui porreiros na cidade. Agora que perdi as pernas, já não sou herói, nem direito tenho de viver. E vocês continuam porreiros aqui.

João ia dizer que não tinha culpa nenhuma, nunca fora responsável, mas para quê? Preferiu fugir, era mais prudente. Se pôs a andar enquanto o outro berrava atrás, cambada de burgueses, ladrões do povo, ainda havemos de vos fuzilar. Passados momentos de angústia, deixou de o ouvir. De fato era verdade, saíra de casa só para dar uma volta, não tinha trazido dinheiro. E o chato é que se sentia na obrigação de explicar ao outro por que não lhe podia dar esmola.

Lhe deu de repente uma estranha vontade de ver o buraco de onde saía a água. Atravessou o asfalto pelo lado de cima, se aproximou do prédio em construção. Viu algumas crianças à beira da lagoa. Dois rapazes pescavam cacussos que logo vendiam a mulheres que no passeio abanavam fogareiros a carvão. Estas por sua vez assavam os cacussos e vendiam aos passantes. Acompanhados dum prato de feijão de óleo de palma. Se juntou aos rapazes e viu então uma menina de uns nove anos, com o ouvido quase encostado à água da lagoa. Perguntou aos miúdos:

— Que que está a fazer ali parada?

— Oh, é a Cassandra — disse um dos miúdos, voltando a atirar a cana à água. — Está a estagiar, kota.

— A estagiar? Em quê?

— Está a variar, kota, virou maluca, é isso que ele quer dizer — explicou o segundo, rindo e apontando a cabeça com um dedo.

João Evangelista se aproximou de Cassandra. Ao lado estava um miúdo mais pequeno a observá-la com ar perdido.

— Estás a ouvir alguma coisa? — perguntou João.

— Você está a ouvir? — respondeu ela, olhando para ele com vivacidade. E súbita esperança, notou João.

— Não — disse ele.

A carita de Cassandra se contraiu num gesto triste. Falou muito baixo:

— Ninguém ouve. Então por que perguntar?

E foi para o prédio em construção, subindo agilmente pela escada de madeira a ele encostada. João se virou para o miúdo e perguntou:

— Ela costuma ouvir alguma coisa?

— Diz que sim. O espírito das águas. Que canta para ela. Mais ninguém ouve.

João Evangelista olhou para a água escura, coberta de folhas redondas e plantas de papiro nas bordas. Espírito das águas? A miúda estava mesmo a estagiar, os outros tinham razão. Voltou ao largo, observou um bocado o movimento febril, foi tomado de uma enorme tristeza e foi quase a correr para casa, se refugiar no computador. Passou no sítio onde muitos anos atrás havia a mulemba sagrada de Kianda, o espírito das águas. Não quis pensar em nada a não ser na maneira de destruir a Babilônia incrivelmente fortificada, sede de todas as luxúrias.

Cassandra finalmente encontrou alguém que nela acreditou. Mais velho Kalumbo, cego e desdentado, refugiado da beira do Kuanza, que morava no oitavo andar do prédio em construção. Foi um problema levar o velho lá para cima, cego e esclerosado, em escadas de madeira improvisadas para cobrir os buracos da escada de cimento que nunca se chegara a completar. O velho chegou lá acima, nunca mais saiu. Ia morrer lá, sem voltar a pôr o pé no chão, diziam.

– Pode ser Kianda a cantar, Kianda se manifesta de muitas maneiras – disse ele para Cassandra.– Umas vezes são fitas de cores por cima das águas, pode ser um bando de patos a voar de maneira especial, um assobio de vento, por que não um cântico?

– Tenho visto uns desenhos de Kianda. Metade mulher, metade peixe.

– Não – disse mais velho Kalumbo com súbita irritação. – Isso é coisa dos brancos, a sereia deles. Kianda não é metade mulher metade peixe, nunca ninguém lhe viu assim. Os colonos nos tiraram a alma, alterando tudo, até a nossa maneira de pensar Kianda. O resultado está aí nesse País virado de pernas para o ar.

Cassandra ouvia e aprendia. Cada nova palavra que ia percebendo no cântico do espírito das águas contava no mais velho. Os dois, pouco a pouco, iam reconstituindo o texto. Mas havia ainda umas palavras em branco. E bastava Cassandra se aproximar da borda para ouvir, noite e dia, a qualquer hora. Kianda não cansava de cantar?

A guerra estava mais forte do que nunca. O País todo mergulhado nela. As cidades eram reduzidas a ruínas pelos bombardeamentos contínuos. As pessoas fugiam das cidades para se refugiarem nos campos, por onde deambulavam, procurando comida. As que não podiam fugir das cidades comiam gatos, ratos, cães, até não terem mais nada para roer. Um vento de loucura e morte varria o território. Nos raros sítios onde não havia guerra, a persistente subida dos preços ia empobrecendo todos os dias a população. Até onde vamos descer? se perguntava na bicha[9] de maximbombo[10], na frente das lojas com produtos que poucos podiam comprar, nos hospitais sem medicamentos nem algodão nem gaze, nas escolas sem livros nem carteiras. Luanda se ia enchendo de gente fugida da guerra e da fome, num galopante e suicidário crescimento. Milhares de crianças sem abrigo vagueavam pelas ruas, milhares de jovens vendiam e revendiam coisas aos que passavam de carro, mutilados sem conta esmolavam nos mercados. Simultaneamente as pessoas importantes tinham carros de luxo, de vidros fumados, ninguém que lhes via a cara, passavam por nós e talvez nem olhassem para não se incomodarem com o feio espetáculo da miséria. João Evangelista não queria pensar na guerra nem na miséria. Se lançou ao jogo em desespero, esquecendo a vida.

---

[9] bicha: fila (Br.).
[10] maximbombo: ônibus (Br.).

Capítulo 6

Na manhã seguinte, João Evangelista recebeu uma visita inesperada. Nem queria acreditar quando abriu a porta. A campainha tocou, tocou, ele ouviu mas não ligou, era trabalho de Joana receber as pessoas. Depois lembrou, Joana foi despedida. Se levantou de mau grado da mesa do computador, foi à porta e ficou pasmado. Era o pai, Mateus Evangelista. Nunca tinha posto os pés ali em casa, sempre evitara se encontrar com Carmina, para ele a encarnação de Satanás. O motivo devia ser forte.

– Como nunca mais foste ver a tua mãe... Fiquei à espera embaixo, vi a tua mulher sair num carro novo, bem bonito por sinal...

Mandou o pai sentar na sala. Que café não queria, já tinha tomado. Vinha mesmo para conversar. Antes aparecia no serviço de João, mas lá lhe tinham dito que ele só raramente ia trabalhar, aí decidi vir cá a casa, saber como estás. Depois das habituais perguntas e informações sobre as saúdes recíprocas, se instalou um incômodo silêncio. João e o pai nunca tiveram muita facilidade de conversar, sobretudo depois do casamento do filho que os separara irremediavelmente. E o velho continuava o mesmo religioso duro, inflexível, criticando sempre João por ter perdido a crença e escolhido uma pagã como esposa. Mateus Evangelista tossiu para aclarar a voz, ia certamente fazer uma declaração formal.

– Falei muito com a tua mãe antes de vir cá. Mas parece necessário e urgente, já que vocês não veem as coisas como se deve. Que estão à espera para sair deste prédio? Que ele caia? Vim cá para dizer que o teu quarto está sempre lá em casa e pronto para vos receber. Não é uma casa grande, mas dá para todos. A tua mulher talvez não goste muito, mas já é altura de nos conhecermos melhor.

João não parava de se admirar. O pai convidava Carmina para ir morar em casa dele? Deviam de fato estar muito preocupados. Fora certamente a mãe que convencera o velho, este era demasiado teimoso para ter essa ideia.

— De fato estamos a pensar em arranjar outra casa longe daqui. Carmina tem procurado, só que ainda não encontrou. Mas o pai acha mesmo que este prédio também vai cair?

— Eu não sei de nada, só o Senhor sabe. Mas já restam poucos prédios nesta zona, há uma possibilidade de este também ir ao chão. Ou não?

— De fato ninguém sabe nada. Andam para aí a estudar há tanto tempo e não chegam a nenhuma conclusão. Aqui já não é o Kinaxixi e esse fenômeno só acontece no Kinaxixi, mas...

— Estás enganado, aqui é ainda o Kinaxixi antigo. Não está à frente da praça, mas é Kinaxixi. A tua mãe que te explique, ela veio para Luanda antes de mim, conhece mais dessas coisas antigas.

Também não queria dizer nada, pensou João. Mas quem é que tem certeza de alguma coisa?

— De uma coisa tenho certeza – disse Mateus Evangelista. – Isto tudo está relacionado com a falta de Fé dos angolanos. Hoje vivemos numa sociedade de pedintes e de ladrões. Onde estão os valores morais que impediam as invejas, os ódios, os atos arbitrários, os ajustes de contas, a ganância? Desapareceram. Temos jovens que nunca ouviram falar desses valores. Temos jovens que na escola nem sequer aprenderam que não se deve urinar nas ruas à frente de toda a gente. A única coisa que se sabe fazer é roubar. Até o telhado de um hospital se pode roubar, basta que não haja guarda. E quem o faz? É o povo, o próprio povo. Porque esse só pode roubar o telhado do hospital que está ali próximo. Os poderosos roubam muito mais, até se podem dar ao luxo de condenar o povo que rouba o hospital. O povo não tem acesso às grandes traficâncias e às comissões, só lhe resta derrubar os postes de eletricidade para aproveitar os ferros da estrutura e vendê-los. Ou roubar os fios de telefone para vender o metal. E assim se vai destruindo o País. Uma escola novinha em folha não dura um ano, são os próprios pais dos alunos que roubam as carteiras, as portas, as janelas, as chapas de cobertura. E por que tudo isto? Porque os angolanos deixaram de acreditar em Deus.

– Mas, pai, nunca se viu tanta gente nas igrejas como agora. E crescem as seitas por tudo o que é canto.

– E isso quer dizer alguma coisa? Igrejas falsas, piores ainda que a dos papistas. Isso é a verdadeira Fé? Antes não fossem a nenhuma igreja do que ir a essas, aí só aprendem a vigarice.

– O pai está a ser fundamentalista, só a sua igreja é que é verdadeira. E o espírito ecumênico?

– Ora, tretas. Mas eu só vim aqui para vos oferecer a casa. Convence a tua mulher, mudem ainda hoje, a tua mãe fica mais tranquila.

Agradeceu muito pela preocupação dos pais, ia falar com Carmina e logo decidiam. Mateus Evangelista já tinha cumprido a sua obrigação, não ficou nem mais um minuto naquela casa condenada. E João não insistiu, pois tinha deixado o jogo interrompido numa fase decisiva.

Passados dez minutos, os ruídos do exterior elevaram-se acima do ronronar do ar-condicionado, indicando que mais um prédio tinha caído. Da varanda João pôde ver a mole imensa do Mercado no chão, as centenas de pessoas, vendedores ou clientes, se libertando do pó. Tinha sido uma construção de dois pisos, por isso a queda não foi grande. Mas o estrago era enorme, um prédio que ocupava um quarteirão. Para ser rigoroso, já não havia nenhum prédio no largo. Porque o edifício em construção estava ligeiramente recuado em relação ao largo. Agora começariam a cair os da segunda linha, entre os quais o seu? João Evangelista teve um arrepio, correu para o computador. Tendo ainda notado que o tempo se ia reduzindo entre as quedas dos prédios, como se o fenômeno ganhasse mais força com o desabar dos primeiros.

Quando Carmina apareceu à hora do almoço, trazendo um termo de um restaurante com comida, pois agora não tinham empregada, ele contou da oferta dos pais.

– Disparate! Por que haveríamos de ir para lá ter de aturar aquele velho rezingão? Nem morta. E depois isso não resolve nada. O problema não somos nós, que caímos e prontos... Mas as coisas é que são uma maka. Os móveis, os eletrodomésticos, as roupas. Ora isso tudo não pode ir para casa dos teus pais, não há lá lugar. Vamos nós, só para evitar uma queda que até nem dói, e deixamos as coisas aqui para depois serem roubadas pelos vizinhos? A solução é arranjar uma vivenda. E finalmente apareceu qualquer coisa interessante.

João Evangelista espetou mais o ouvido. Uma boa notícia?

– Dizem que é uma casa grande, na Samba. O bairro não é bom, sempre com problemas de acesso quando chove, mas paciência. Vou ver logo se dá para fazer negócio. Alugamos este apartamento a um estrangeiro e recebemos dólares.

– Se nós estamos a fugir daqui, achas que algum estrangeiro vai querer vir para o apartamento? – disse ele.

– Nunca se sabe, com estrangeiros tudo é possível, sobretudo se forem brancos.

Por vezes a lógica de Carmina desconcertava-o. Mas era inútil insistir. O que interessava era arranjar logo um cubico para poderem mudar dali. Mais tarde se trocaria por outra vivenda melhor ou num bairro mais digno. Ou se construiria uma verdadeira mansão na tal Luanda-Sul, o bairro para os novos ricos.

Depois do almoço, resolveu sair para ver de mais perto os restos do Mercado, enquanto Carmina fugia ao Parlamento para tentar resolver a questão da casa. Vagueou pelos escombros, ainda assistiu a um tipo esfaquear outro por causa de um rádio, nem parou para se certificar se o esfaqueado ficara morto. Cenas cada vez mais banais. Não encontrou Honório na praça. Encontrou sim a mesma professora com os alunos colhendo elementos. Os cientistas não desanimavam, procuravam sempre. Também os turistas, que tudo fotografavam e filmavam, animadíssimos com a paisagem lunar em que se tornara o Kinaxixi. Já vinham avisados pelas agências de turismo e traziam tudo em duplicado. Porque de cada vez que iam à praça eram roubados de um aparelho ou um relógio. Ninguém ligava muita importância, era uma nova forma de redistribuição da riqueza.

João Evangelista passou para o outro lado, vendo a água correr para a Baixa, através do vale cada vez mais profundo. Pelas notícias que davam na televisão, sabia que a Marginal estava praticamente inutilizável numa área que ia desde o largo do Baleizão até à Igreja da Nazaré. E a ser permanentemente escavada. Qualquer dia o porto ficaria isolado e aí ia ser um problema, como sairia o pitéu? Se o povo já quase não tinha nada para pitar, como ia ser depois, com a comida do PAM imobilizada no porto? Revoltas e mais revoltas. João Evangelista pressentiu que as coisas de fato ultrapassavam o Kinaxixi, para ferir mortalmente Luanda. Tinha sido contratada uma empresa estrangeira para drenar urgentemente a água que saía da lagoa, mas os trabalhos não tinham ainda começado. Se dizia que o caráter de emergência justificava não haver concurso público e as más línguas falavam de comissões enormes e inflacionamento dos custos para proveito de alguns. Carmina podia se ter metido nesse negócio. Não, ela está mais virada para importar cerveja. É o mais fácil e rentável, o mercado da cerveja não para de crescer e o investimento é realizado imediatamente, uma verdadeira mina.

Uma criança se aproximou dele e pediu esmola. Lhe deu uma nota, sabendo perfeitamente que não ia resolver nada. Ao menos essa ia comer um pão ou uma bola de Berlim. E os milhares de outras? Se lembrou de Cassandra que dizia ouvir coisas estranhas na água. Foi para lá. Não a encontrou. Estranhamente, não estava ninguém perto do lago, só mesmo no passeio as mulheres que vendiam os cacussos e bebidas. Mas estas mulheres já tinham pouco espaço para ficar, pois a água roera quase todo o passeio. Ali começava a fenda que ia só parar no largo do Baleizão.

A caminhada já tinha sido prolongada demais e voltou para casa, com saudades do computador. Até Carmina chegar com a notícia que pretendiam. A casa estava à venda, era grande, só tinha o inconveniente de a estrada da Samba ficar quase intransitável quando caíam as grandes chuvas. Também era só uma vez por ano. Já tinha combinado tudo, embora o preço fosse exagerado. O proprietário percebeu que ela tinha urgência, por isso experimentou carregar mais um pouco. Carmina disse, durou duas horas a discussão. Ela não tinha mais tempo, acedeu. Amanhã iam legalizar no notário. Depois de amanhã podiam mudar de residência.

Nessa noite dormiram com medo de serem surpreendidos à noite pela casa a cair. Os sonhos foram perpassados de quedas e acidentes vários. Acordaram cansados, ansiosos já pelo dia seguinte.

Antes de ir para o escritório, João ouviu na rádio que finalmente o governo tinha um plano para resolver a questão dos prédios que desabavam no Kinaxixi. Como se fosse possível, pensou ele. Os cientistas ainda não descobriram as causas e o governo tinha conseguido inventar um plano? Com base em quê? O locutor também não explicou em que consistia o plano, devia ser apenas para acalmar a população, afinal tinha um governo que velava paternalmente por ela. Talvez a notícia estivesse relacionada com o mujimbo que corria há dias e que João não tivera tempo de comprovar. O mujimbo dizia que cada vez mais refugiados habitantes do largo se vestem apenas da sua nudez para perambular pelas ruas de Luanda. Sempre houve uns tipos, geralmente homens, nus pelas ruas. Gente completamente cacimbada pelas dificuldades, que acabava por entrar no mundo dos sonhos. Mas agora parecia haver uma taxa anormal de gente entre os antigos moradores dos prédios do Kinaxixi que julgavam estar no Hallensee de Berlim e faziam nudismo em Luanda, perante a reprovação geral das pessoas bem pensantes. Se dizia que eles não estavam psicologicamente descompensados, mas era uma forma de protestarem contra a passividade das autoridades que não resolviam os seus problemas básicos. Para dizer a verdade, ontem não notei na praça mais gente nua que habitualmente, mas também não estava atento a isso. Talvez Honório possa explicar. Lembrou que Carmina devia arranjar um emprego para o amigo, mas as preocupações dos últimos dias tinham levado esse assunto para o fundo das prioridades. Tinha de recordar à mulher a promessa que lhe fizera. Se lançou ao jogo com todos os seus sentidos,

> enquanto no prédio em construção Cassandra contava para velho Kalumbo a letra completa da canção que finalmente conseguira perceber. Se tratava de um lamento de Kianda, como já tinham previsto anteriormente, que queixava de ter vivido durante séculos em perfeita

felicidade na sua lagoa, até que os homens resolveram aterrar a lagoa e puseram cimento e terra e alcatrão por cima, construíram o largo e os edifícios todos à volta. Kianda se sentia abafar, com todo aquele peso em cima, não conseguia nadar, e finalmente se revoltou. E cantou, cantou, até que os prédios caíssem todos, um a um, devagarinho, era esse o desejo de Kianda. E foi isso que Cassandra contou a mais velho Kalumbo.

– *Se devia avisar as pessoas do prédio que ele também vai cair.*

– *Mesmo sem estar acabado? – perguntou ela.*

– *Mesmo assim.*

– *Ninguém vai acreditar, nunca ninguém me ouviu. E para que avisar se não temos mais para onde ir?*

Cassandra não preveniu ninguém. Já as palavras lhe não traziam nada de novo, mas passou todo o dia à beira da lagoa, ouvindo a canção, a qual soava cada vez menos triste e mais vitoriosa.

Da parte da tarde, depois de ter recebido de Carmina a notícia que a transação estava feita e a vivenda já era legalmente deles e ela ia tratar de alugar caminhão e pessoas para fazerem a mudança logo de manhã, João Evangelista, muito mais tranquilo, recebeu a visita de Honório. E o choque ao vê-lo quase atirou com ele para trás, pela janela aberta da sala. Honório vinha completamente nu, dando razão ao mujimbo em que João não quisera acreditar. Este olhou para todos os lados, hesitando em fazer entrar o amigo em casa naqueles propósitos. Felizmente Carmina não estava, mas podia aparecer a qualquer hora e ter uma das habituais crises.

– Estás admirado? É a nova moda do Kinaxixi. E está a pegar. Os desalojados do Kinaxixi protestam contra o governo que não faz nada por eles, lançando o nu como traje nacional, o único que está de acordo com o nível de vida do povo. Já nem de tanga se pode andar, a tanga é um luxo para burguês.

— Isso é para seguir o poeta que dizia às nossas tradições havemos de voltar?

— Não. Não tem nada de tradicionalismo. Até porque os antepassados andavam de tanga, de saias de ráfia, etc. É mesmo protesto. O nu estabelecido como único traje compatível com a pobreza em que nos mergulharam.

— Eu tinha ouvido falar que andavam cada vez mais tipos nus, mas não sabia que atingia as proporções de um movimento político.

— Não, é um movimento cívico. De coerência cívica. Como podemos andar vestidos se nos despojam de tudo e não ajudam? Todos os dias a moeda é desvalorizada, os preços dos produtos sobem, ninguém pode trabalhar porque os salários são a única coisa que não sobe neste País. Não é um luxo vergonhoso ostentar roupa, nem que seja um pedaço de tecido sujo? É ostentação de riqueza e não pode ser tolerada. Ainda não passamos à ação. Porque depois vamos começar a despir as pessoas que passam nas ruas.

— Mas vocês andando assim vão ser castigados.

— Como? Os malucos sempre andaram nus pelas ruas e não foram presos. Vão prender-nos? Somos milhares. E depois eles têm de mostrar que não estamos malucos. E honestamente temos de admitir que estamos malucos, esta é uma manifestação de loucura. Loucura consciente, apenas.

João andava ultimamente muito confuso com tudo que se passava na sua vida e na dos outros. Não tinha argumentos para rebater as ideias de Honório. Mas tentou chamar o amigo à razão.

— Não sei se isso é bom para ti. A Carmina tem falado com amigos dela e garantiu que te vai arranjar um emprego pago em dólares. Mas se apareces no emprego nu...

— Agradeço muito a preocupação da tua mulher. Se ela arranjar o emprego, posso repensar. Nessa altura decidirei se mudo de classe social. Mas neste momento estou na classe dos nus. Passa a haver uma luta de classes nesta sociedade, entre os vestidos e os nus. Quiseram matar o Marx antes do tempo, ele está a caminho para a desforra. E não passes pela praça vestido, porque vamos começar a rasgar a roupa.

— Andarem nus como protesto, bem, é chocante à primeira vista, mas se compreende, tem alguma lógica, no fundo é um movimento moralista. Agora, se atacarem as pessoas, destruírem a propriedade das pessoas, as roupas, dão o pretexto para a polícia atuar. Será inteligente?

— Talvez não. Pode ser ainda cedo. Já conseguimos membros do nosso movimento cívico noutros pontos da cidade, não penses que só se passa no Kinaxixi. Em breve seremos milhões e contra milhões ninguém combate. Nessa altura, sim, será o momento para impor a igualdade social, isto é, rasgar as roupas dos ricos.

Não era o mesmo Honório. Antes era tímido, trabalhador, conformista, militante exemplar. Depois da desgraça que lhe aconteceu, teve um breve período desonesto, um pecadilho. Mas agora estava diferente, voluntarioso, como que drogado por novas ideias. Seria possível de um Honório tão apagado se fazer um líder? E vai se tornar num líder se a moda pega. Ainda por cima o clima ajuda, com esse calor só nu é que se pode andar mesmo...

— Mas essa moda também se aplica às mulheres ou é um movimento de homens?

— Francamente, João, como podes pensar que um sobressalto cívico como este pode ficar restrito aos homens? As mulheres aliás são as mais entusiastas. Se fores agora à praça, vais ver centenas delas todas nuas.

— Eu hoje não saí de casa.

– Pois, estás a perder. Aliás, acho que estás a deixar a vida escapar-te pelos dedos, sempre aqui fechado. Cada um tem a sua forma de loucura. A nossa ao menos é divertida, é coletivista, é solidária. E positiva, pois o governo vai ter vergonha de não fazer nada.

– Mas, ó Honório, vocês vão sofrer também a repressão das igrejas, vão ser acusados de atentado à moral, etc., etc.

– As igrejas, todas elas, se acomodam com os diferentes poderes. Por isso é normal que berrem contra um movimento radical e lídimo como o nosso. Mas não tem importância. A revolta é tão grande, que só perdem em ficar contra nós. Aliás hesitam, ainda não tomaram posição. E não penses que não sabem o que se passa. As igrejas não andam tão distraídas como tu.

Tinha de reconhecer que na crítica ao seu alheamento o amigo tinha razão. Por vezes ainda lhe surgiam uns laivos de consciência e se forçava a sair à rua, a ir ao emprego, mais para se afastar por momentos do computador do que propriamente por vontade de encarar a realidade. Mas se sentia em perigo na rua. Indefinível, não se sabia de onde vinha. Mas o perigo rondava. Só em casa se sentia protegido. Sobretudo à secretária[11], mergulhado nas teclas do computador, esquecido do mundo que existia lá fora, cada vez mais agressivo e imprevisível.

– E como estão organizados? Têm uma Direção, um Comitê Central?

– Não, nem pensar. É tudo informal, os mais ativos, mais interessados, discutem e tomam decisões. Quem aparecer nas reuniões pode participar, são abertas a todos. Não queremos aparelhos rígidos, isso acaba por tolher as iniciativas, por oprimir os membros. Para esse tipo de prisões existem os partidos,

---

[11] secretária: escrivaninha; mesa de trabalho (Br.).

e nós não queremos ser um partido. Queremos dinamizar um movimento de revolta que obrigue o Estado a ignorar as ordens do FMI, que estão a empobrecer cada vez mais os cidadãos para benefício dos estrangeiros e de alguns corruptos. Por isso esse movimento tem de partir da iniciativa das pessoas. Elas não podem ser espartilhadas por partidos que perseguem os seus objetivos próprios de poder. Aliás, já somos muitos a pensar que isso de partidos talvez esteja bem para a Europa, foi lá onde foram inventados, mas que aqui precisamos de outras formas mais nossas de organização. Temos de ousar pensar com as nossas cabeças.

Afinal tinham quase um programa, uma ideologia. João Evangelista sentiu renascer o gosto antigo pela teoria política, não era uma ideologia muito semelhante à dos que ficaram conhecidos como socialistas utópicos ou anarquistas? Honório não parava de o espantar. É certo que, quando militante do partido hoje majoritário, participava sempre nos encontros ideológicos onde se discutia teoria e a um momento dado ainda pensou em seguir um curso superior do partido. Leu os clássicos todos do marxismo. Tinha pois uma certa preparação que provavelmente agora lhe servia para liderar o movimento cívico. Quando lhe disse, colheu tempestade:

– Não lidero coisíssima nenhuma. Que raio de mentalidade com que vocês ficaram, mentalidade de caxicos que não podem ver nada sem pensar logo em autoridade, autoritarismo. O movimento é espontâneo, nem sei quem deu a ideia de nos pormos nus e tem sido em discussões permanentes que temos elaborado algumas ideias. É um verdadeiro movimento de massas, não aqueles que conheces do passado, que eram cozinhados num gabinete e se chamava depois as massas para o apoiarem. Este nasceu das massas e ninguém vai controlá-lo nem servir-se dele, nós todos não deixamos. Estamos a criar História, porque estamos a inventar as nossas próprias vias. Chega de copiar fórmulas do estrangeiro, inventemos os nossos próprios métodos de luta.

 Era um tribuno e já não estava nu em casa alheia, mas em algum palco qualquer no largo, fazendo um discurso para inflamar as massas. João Evangelista ficou calado. O amigo se despediu, dizendo vem só dar uma volta pelo Kinaxixi, vais ver de novo o fervor revolucionário da tua juventude. Ficou apenas com a sensação de que aquele movimento ia acabar mal, com sangue, pois eram ideias demasiado novas e ousadas. Criarem as suas próprias ideias e as suas formas de luta, se marimbarem para os esquemas e fórmulas dos países do Norte? Demasiado subversivo, destinado ao fracasso e ao luto. Mas deve ser bem agradável andar todo nu pelas ruas, recebendo o fresquinho em todo o corpo e sem preocupação nenhuma sobre o que os outros pensem de nós. Liberdade de pássaro. Ou de peixe.

 Carmina entrou pouco depois em casa. Vinha montada num furacão, João até tremeu pensando que tinha falhado a operação casa nova. Mas não era isso, estava furiosa com o que viu e ouviu no largo do Kinaxixi.

– Quando me contaram ontem nem quis acreditar. E hoje nem reparei da primeira vez. Mas agora vi, é inconcebível. Sabes o que são milhares, mas milhares de pessoas nuas na praça e nas ruas? Já não é só no Kinaxixi, vi na Vila Alice, me disseram que no Rangel e no Sambizanga também, todos deitam fora as roupas e dançam nus pelas ruas.

– O Honório esteve cá. Me contou. Veio nu.

– Aqui a casa? Nu? Na minha casa?

– Ele diz que não, mas suspeito que é um dos líderes. Sabes por que essa moda?

— Algum movimento subversivo, só pode ser.

Como se CCC tivesse ouvido tudo. A isso se chama faro político. É certo que também se engana. Quando afirmava que as quedas de prédios se deviam a sabotagem, é claro que estava errada, mas agora acertou em cheio.

— O governo não faz nada pelos refugiados. É uma forma de protesto. Um movimento cívico de massas.

— Já lhes vamos dar o movimento cívico. Vêm aí os ninjas e acabam-se logo as frescuras. Umas cabeças partidas e passa a ser uma velha moda.

Ela pegou no telemóvel, sua última aquisição e marca de status.

— Que vais fazer, Carmina?

— É óbvio, telefonar a alguém que pare com esta palhaçada imoral. Já viste as crianças a olharem para os pais nus? Um escândalo, uma falta de ética.

— Deixa disso. Pior ética é andarem a roubar a comida do povo e ninguém fazer nada para o impedir. É um movimento pacífico, não estão a fazer mal a ninguém. Para com moralismos supérfluos. O que interessa é o essencial da coisa, ninguém se preocupa pelos refugiados, ninguém se preocupa pelas crianças que vivem aos milhares pelas ruas, ninguém se preocupa pelos mutilados de guerra, a revolta tem de estourar. E esta até é uma forma original e pacífica. Estás ofendida não é porque estão nus, mas sim porque criticam o teu governo.

Carmina guardou o telemóvel. João pensou, ainda por vezes consigo controlar Carmina. Mas quantos outros estão neste momento a telefonar para as autoridades, a exigir sangue em nome da moral pública? Os mesmos que roubam descaradamente o Estado, para isso já não têm pudor. A mulher foi descarregar a fúria de forma positiva, pois resolveu fazer o jantar. Ao menos isso. E João atirou-se contra os romanos que se tinham refugiado na Austrália, numa evidente deturpação do tempo e do espaço. Só lhe restavam esses inimigos. Dominando-os, conquistaria o Mundo e no menor prazo de sempre. Só esperava que Carmina demorasse o jantar um pouco, para ele ter tempo de acabar o jogo, inscrevendo o seu nome com o melhor resultado jamais conseguido.

Houve uma musiquinha estranha, um abanão. João Evangelista se sentiu atirado para o espaço. Agarrou no computador, tentando carregar na tecla que disparava mais uma catapulta contra os romanos, mas o ecrã se apagou por falta de corrente. Viu Carmina, acima dele, os braços estendidos procurando segurá-lo, os olhos de terror e amor, no sorvedouro da queda. Viu objetos, mesas, tijolos, pessoas, rodopiando no ar como se em câmara lenta, um gato de pelo todo eriçado, as patas para o chão como só os gatos sabem fazer. João Evangelista não viu

> *o prédio em construção se desfazia também em notas de música. Mais velho Kalumbo voava, cego, feito pássaro. Vinham os tijolos, candeeiros, fogareiros, esteiras, panelas. Cassandra sentiu o apelo que vinha das águas da lagoa, foi esbracejando como quem nada e orientou a queda, mergulhando nas águas. Desaparecida para sempre. O cântico, finalmente no máximo da potência, rompia a espessura das águas e inundava a cidade, contando para todos o desejo, antes secreto, de Kianda.*

João Evangelista, antes de tocar o chão, viu a praça do Kinaxixi cheia de gente nua que batia palmas e aplaudia a última façanha de Kianda. O computador lhe caiu em cima, depois montes de entulho e pó de cimento. Ficou abraçado ao computador, sem vontade de sair dali. Haveriam de fazer buscas e o retirar, mais tarde. Por isso também não viu *fitas de todas as cores do arco-íris saírem do lugar da lagoa do Kinaxixi, percorrerem a vala cavada pelas águas, iluminando a noite de Luanda, descerem a rua da Missão e a calçada que levava até à Marginal e continuarem por esta, ultrapassarem o Baleizão, com as águas que formavam gigantesca onda inundando toda a Avenida e indo chocar embaixo da Fortaleza contra a antiga ponte que os portugueses encheram de entulho e pedras e cimento, fazendo a Ilha deixar de ser ilha para ficar península, ligada ao continente por esse istmo de pedras e cimento contra o qual a onda gigantesca se abateu e em cima dela vinham as fitas de todas as cores, e derrubaram o istmo, se misturando as águas que vinham da lagoa com as águas do mar e as cores vivas se espalhando a caminho da Corimba, agora que a Ilha de Luanda voltava a ser ilha e Kianda ganhava o alto mar, finalmente livre.*

Luanda, 1994-95.

O autor

ARTUR CARLOS MAURÍCIO PESTANA DOS SANTOS nasceu em Benguela, Angola, em 1941, onde fez o Ensino Secundário. Iniciou os estudos na Universidade em Lisboa, em 1958. Por razões políticas, em 1962 saiu de Portugal para Paris, e seis meses depois foi para a Argélia, onde se licenciou em Sociologia e trabalhou na representação do MPLA (Movimento Popular de Libertação de Angola) e no Centro de Estudos Angolanos, que ajudou a criar.

Em 1969, foi chamado para participar diretamente na luta de libertação angolana, em Cabinda, quando adotou o nome de guerra de **PEPETELA**, que mais tarde utilizaria como pseudônimo literário. Em Cabinda foi simultaneamente guerrilheiro e responsável no setor da Educação.

Em 1972, foi transferido para a Frente Leste de Angola, onde desempenhou a mesma atividade até o acordo de paz de 1974 com o governo português.

Em novembro de 1974, integrou a primeira delegação do MPLA, que se fixou em Luanda, desempenhando os cargos de Diretor do Departamento de Educação e Cultura e do Departamento de Orientação Política.

Em 1975, até a independência de Angola, foi membro do Estado Maior da Frente Centro das FAPLA (Forças Armadas Populares de Libertação de Angola) e participou na fundação da União de Escritores Angolanos.

De 1976 a 1982, foi vice-ministro da Educação. Lecionou Sociologia na Universidade Agostinho Neto, em Luanda, até 2008. Desempenhou cargos diretivos na União de Escritores

Angolanos. Foi Presidente da Assembleia Geral da Associação Cultural "Chá de Caxinde" e da Sociedade de Sociólogos Angolanos. Em 2016, foi eleito Presidente da Mesa da Assembleia Geral da Academia Angolana de Letras, de que é membro-fundador.

O desejo de Kianda (2021) é o quarto livro do autor que a Kapulana lança no Brasil. A editora publicou *O cão e os caluandas* (2019), *O quase fim do mundo* (2019) e *Sua Excelência, de corpo presente* (2020).

Obras do autor

1973 – *As aventuras de Ngunga.*
1978 – *Muana Puó.*
1979 – *A revolta da casa dos ídolos.*
1980 – *Mayombe.*
1985 – *Yaka.*
1985 – *O cão e os caluandas.* (Ed. Kapulana, 2019)
1989 – *Lueji.*
1990 – *Luandando.*
1992 – *A geração da utopia.*
1995 – *O desejo de Kianda.* (Ed. Kapulana, 2021)
1996 – *Parábola do cágado velho.*
1997 – *A gloriosa família.*
2000 – *A montanha da água lilás.*
2001 – *Jaime Bunda, agente secreto.*
2003 – *Jaime Bunda e a morte do americano.*
2005 – *Predadores.*
2007 – *O terrorista de Berkeley, Califórnia.*
2008 – *O quase fim do mundo.* (Ed. Kapulana, 2019)
2008 – *Contos de morte.*
2009 – *O planalto e a estepe.*
2011 – *Crónicas com fundo de guerra.*
2011 – *A sul. O sombreiro.*
2013 – *O tímido e as mulheres.*
2016 – *Como se o passado não tivesse asas.*
2018 – *Sua Excelência, de corpo presente.* (Ed. Kapulana, 2020)

Prêmios

1980 – Prémio Nacional de Literatura, pelo livro *Mayombe*.
1985 – Prémio Nacional de Literatura, pelo livro *Yaka*.
1993 – Prêmio especial dos críticos de arte de São Paulo (Brasil), pelo livro *A geração da utopia*.
1997 – Prêmio Camões, pelo conjunto da obra.
1999 – Prêmio Prinz Claus (Holanda), pelo conjunto da obra.
2002 – Prémio Nacional de Cultura e Artes, pelo conjunto da obra.
2007 – Prémio Internacional da Associação dos Escritores Galegos (Espanha).
2014 – Prémio do Pen da Galiza "Rosália de Castro".
2015 – Prêmio Fonlon-Nichols Award da ALA (*African Literature Association*).
2019 – Prêmio Oceanos 2019 – finalista com o romance *Sua Excelência, de corpo presente*.
2020 – Prémio Literário Casino da Póvoa – 21ª. ed. do Festival Correntes d'Escritas, pelo romance *Sua Excelência, de corpo presente*.
2021 – Vencedor do "Prémio Literário dstangola/Camões", com o romance *Sua Excelência, de corpo presente*.

Destaques

1985 – Medalha de Mérito de Combatente da Libertação pelo MPLA.
1999 – Medalha de Mérito Cívico da Cidade de Luanda .
2003 – Ordem de Rio Branco, da República do Brasil, grau de Oficial.
2005 – Medalha do Mérito Cívico pela República de Angola.
2006 – Ordem do Mérito Cultural da República do Brasil, grau de Comendador.
2007 – Nomeado pelo Governo Angolano Embaixador da Boa Vontade para a Desminagem e Apoio às Vítimas de Minas.
2010 – Doutor *Honoris Causa* pela Universidade do Algarve (Portugal).
2021 – Doutor *Honoris Causa* pela Universidade Federal do Rio de Janeiro (Brasil).

fontes	Gandhi Serif (Librerias Gandhi)
	Montserrat (Julieta Ulanovsky)
papel	Pólen Soft 80 g/m²
impressão	BMF Gráfica